Ernst von Wildenbruch

Der Meister von Tanagra

Eine Künstlergeschichte aus Alt-Hellas

Ernst von Wildenbruch

Der Meister von Tanagra
Eine Künstlergeschichte aus Alt-Hellas

ISBN/EAN: 9783743321977

Hergestellt in Europa, USA, Kanada, Australien, Japan

Cover: Foto ©Andreas Hilbeck / pixelio.de

Manufactured and distributed by brebook publishing software
(www.brebook.com)

Ernst von Wildenbruch

Der Meister von Tanagra

Der
Meister von Tanagra.

---•-•---

Eine Künstlergeschichte aus Alt-Hellas

von

Ernst von Wildenbruch.

Berlin, 1890.
Verlag von Freund & Jeckel.
(Carl Freund.)

„Wir haben nicht mehr weit bis Tanagra, und der schönere Theil unseres Weges liegt vor uns," sagte ein schwarzlockiger, schlankgebauter Mann, der sich am nördlichen Ausgange von Oropos, einem Städtchen, das hart auf der Grenze von Attika und Böotien lag, zu dem harrenden Gefährten auf den Reisewagen schwang.

Der Stachelstock flog auf die Pferde herab, und klappernd rollte das leichte Gefährt unter dem niedrig gewölbten Stadtthore hinaus in's Freie.

Mit einer Leidenschaftlichkeit, die seiner Geberde etwas von der Bewegung eines Panthers verlieh, schnellte der Mann vom Wagensitze empor und trank mit halb geöffneten Lippen den Strom erquickender Morgenluft, der in breiter duftender Welle den beiden Reisenden entgegenschlug. Der Wind war frisch und feucht, denn er kam von dem Euböischen Meere herüber, das zur Rechten des Weges, in langen Wogen an das Ufer spülte; und mit dem Hauche des Meeres vermischte sich der berauschende Duft blühender Olivenbäume, welche rechts und links die Straße umsäumten und nach Norden zu, soweit der Blick reichte, die Hügel des böotischen Landes mit dichter Waldung bekleideten.

„Dort blicke hin, Mnemarchos," rief der Dunkellockige, indem er nach rechts über das Meer hinzeigte, wo hinter den verschwimmenden Küsten Euböas die ersten Strahlen

der Sonne gleich den Zacken eines ungeheuren Diadems
emporflammten, „sieh’, wie Helios sein geliebtes Attika
begrüßt! Und wie die Wellen heranschäumen, einem
schreitenden Heere gleich, Mann für Mann mit silbernem
Helm und Schild; und dort zur Linken, Parnes und
Kithäron, die ihre kahlen Bergeshäupter in die Lüfte recken,
und vor uns das silbern strömende Band des Asopos —
siehe das Alles, athme, trinke, das ist Freiheit, das ist
Schönheit, und das Alles zusammen ist Hellas!“

In den dunklen Augen des Mannes brannte ein ver=
zehrendes Feuer; dichter flogen die Streiche auf die Pferde
herab, sodaß sie schließlich in gestrecktem Galopp dahin=
sausten, und mit rauhen abgebrochenen Zurufen feuerte er
sie zu immer größerer Eile an. Endlich fiel sein Blick auf
den Gefährten, und indem er in ein schallendes Gelächter
ausbrach, zwang er die Rosse nun zu ruhigerer Gangart.

Den Mantel bis unter das Kinn zusammengezogen,
den Ausdruck besorgten Aergers auf dem Gesichte, saß Mne=
marchos stumm und blaß da. „Ich Unvorsichtiger,“ sagte
er, „der ich vergessen konnte, daß mit Praxiteles dem Bild=
hauer reisen, sich einem Rasenden bedingungslos in die
Hände geben heißt. Es ist ausgemacht, daß Ihr Künstler
Freunde der Götter und Feinde der Menschen seid; Eure
Sinne sind heiß und Eure Herzen kalt.“

„Du könntest recht haben,“ sagte Praxiteles, indem
ein eigenthümliches Zucken über sein Gesicht dahinflog.

„Ich weiß, daß ich recht habe,“ versetzte der Andere.
„Noch immer aber weiß ich nicht, zu welchem Zwecke ich
eigentlich diese halsbrecherische Fahrt mit dir unter=
nehmen muß.“

„Meine Augen sind durstig geworden,“ rief der
Bildhauer, „und verlangen nach neuen Gestalten.“

„Seine Augen sind wieder einmal durstig,“ erwiderte

achselzuckend Mnemarchos, „wann werden die sich satt trinken."

„Es ist dir bekannt," sagte Praxiteles, „daß die Sikyonier dem Zeus in Olympia ein Standbild des Hermes gelobt und daß sie mich beauftragt haben —"

Jetzt kam die Reihe des Lachens an Mnemarchos.

„Und darum," rief er, „eine Reise über Hals und Kopf nach Tanagra! Darum muß ich abscheulichen sauren Landwein trinken, ungesalzenen Ziegenkäse in mich hinein-stopfen, damit Praxiteles unter glattköpfigen, dickbäuchigen Böotischen Bauern ein Modell zu seinem Olympischen Hermes suche."

„Vielleicht," entgegnete der Andere, „führt mich ein rich-tiger Instinkt. Die Tanagräer, mußt du wissen, feiern heute das Fest des Hermes, welcher vor Zeiten die Stadt Tanagra von einer schweren Seuche dadurch befreit haben soll, daß er einen Widder um die Mauern derselben herumtrug."

„Hatte Hermes nichts vernünftigeres zu thun, als die einfältige Stadt zu retten?" murrte der Andere.

„Die Bürger sammeln sich vor den Thoren, der schönste Jüngling der Stadt übernimmt die Rolle des Gottes und trägt auf seinen Schultern den Widder um die Mauern, worauf das Thier in feierlichem Opfer geschlachtet wird."

„Ich fange an zu begreifen," antwortete Mnemarch, „o Bildhauer meiner Seele, Praxiteles, deine Freund-schaft ist der Ruhm meines Daseins, aber die Götter wissen, dieser Ruhm muß theuer erkauft werden."

Bei diesen Worten rollte der Wagen aus einem dichten Olivenhaine in die offene Landschaft hinaus, und „Tana-gra" riefen die beiden Reisenden wie aus einem Munde.

Heiß und grell lag die Morgensonne auf den weißen Mauern der Stadt, welche den Gipfel eines nicht unbe-trächtlichen, grade vor den beiden Athenern aufsteigenden

Berges krönte, an deſſen Abhängen die Fahrſtraße ſich
emporſchlängelte. Das Feſt ſchien bereits im Gange zu
ſein, denn auf den oberſten Abhängen des Berges lagerten
in dichten Schaaren buntgekleidete Menſchen, welche dem
farbloſen Kalkgeſteine ein heiteres Ausſehen verliehen.
Der Stachelſtock mußte wieder ſeine Pflicht thun, und ſo
raſch als es der ſteile Weg erlaubte, klommen die Pferde
den weinbergumgrünten Pfad empor. Sie hatten kaum die
oberſte Fläche erreicht, als mit Brauſen, Jauchzen und
Klingen der feſtliche Zug geradenwegs auf ſie zugeſchritten
kam. Eröffnet wurde derſelbe von Flötenbläſern, deren
eintönig feierliche Weiſe den Rhythmus für die im Zuge
ſich Bewegenden abgab; dann folgten Feſtordner, welche
das herandrängende Volk abhielten, und nachdem dieſe
vorüber waren, erhob ſich ein allgemeines tobendes Freuden-
geſchrei: „Heil dem Hermes von Tanagra, Heil dem ſchönen
Myrtolaos!" Zugleich wälzte ſich die ganze Maſſe des zu-
ſchauenden Volkes auf denjenigen zu, dem dieſer Zuruf
galt, und umringt, beinahe getragen von einem Gewölf
von Menſchen kam ein blühend ſchöner, hoch und ſchlank
gewachſener Jüngling des Wegs herangeſchritten. Das
leichte Gewand, welches auf der linken Schulter durch eine
Agraffe gehalten wurde, ließ den rechten Arm frei, mit dem
er einen ſchneeweißen, an Vorder- und Hinterbeinen ge-
feſſelten Widder auf der Schulter trug, während die linke
Hand das Attribut des Gottes, den Hermesſtab regierte.
Leicht und frei bewegte er ſich unter der mächtigen Laſt des
Thieres, das Haupt war zurückgeneigt, ſo daß die dunklen
von einer Goldſchnur über der Stirn zuſammengehaltenen
Locken in den Nacken herabfloſſen, und indem er ſo, nicht
rechts noch links blickend, ſondern die Augen in träumeriſcher
Selbſtvergeſſenheit in den tiefblauen Himmel richtend bei
den Fremden vorüberſchritt, gewährte er dieſen ein ebenſo

neues wie anmuthiges Bild. Kaum daß sie jedoch Zeit gehabt, den Eindruck der schnell vorüberrauschenden Erscheinung in sich aufzunehmen, so verrieth ihnen das Nachdrängen des Volkes, daß das Fest noch nicht zu Ende sei. Mit einem schnellen Rucke der Zügel warf Praxiteles die Pferde in der Richtung hinter dem Abgehenden herum und indem er aus der Masse der Fußgänger herauslenkte, bog er in raschem Trabe um die nächste Ecke der vorspringenden Stadtmauer. Auf dem weiten freien Platze, der sich hier vor seinen Augen aufthat, sollte offenbar der Haupt- und Schluß-akt der Festlichkeit vor sich gehen. Die Mitte des Platzes nahm ein breiter Felsblock ein, zu welchem einige flache Stufen emporführten, und ringsum denselben herum waren steinerne Sitze angebracht, auf denen Greise und angesehene Männer der Stadt in beschaulicher Ruhe saßen. Der Platz war für gewöhnlich den Volksversammlungen Tanagras bestimmt, heute jedoch mußte er andern Zwecken dienen, denn an Stelle eines Redners, der mit kühnen Augen die Versammlung zu seinen Füßen beherrscht und dieselbe durch den Klang seiner Rede bewegt hätte, stand heute mit schamhaft gesenktem Haupte eine zarte jugendliche Mädchengestalt auf dem Felsen. Sie war nach der kleidsamen Art der Thebanischen Frauen gekleidet; von den entblößten Schultern floß ein weißes langes, nach hinten in einer Art von Schleppe endigendes Gewand; das dunkelbraune Haar war über dem Scheitel zu einem zierlichen Knoten emporgewunden, und aus Sandalen von feinem rothen Leder blickten die Füße nackt hervor. In den Händen trug sie eine goldene mit Erdbeeren gefüllte Schaale.

„Was bedeutet das, und wer ist dieses Weib?" fragte Mnemarch einen der nahestehenden Tanagräer.

„Du scheinst fremd zu sein," erwiderte dieser, „sonst würdest du wissen, daß Hermes, nachdem er den

Widder um die Mauern der Stadt getragen, von den Frauen Tanagras mit Erdbeeren erquickt wurde. Zur Erinnerung daran wird jährlich die schönste von unseren Jungfrauen ausersehen, den Hermes-Jüngling mit der heiligen Frucht zu speisen."

„Und wer ist diese schönste von euren Jungfrauen?"

„Hellanodike, die Tochter des reichen Myronides, den du dort drüben sitzen siehst."

Hermes Myrtolaos war unterdessen bis an den Fuß der Felsenstufen gelangt; er warf den Widder, welcher sogleich von den Händen der Festordner ergriffen und zur Opferung getragen wurde, von den Schultern und bestieg die erste Stufe. Das Mädchen wandte die Augen auf ihn, und eine tiefe Röthe überfloß ihr liebliches Gesicht und breitete sich in purpurner Welle über Hals und Nacken aus, als der Jüngling vollends die Stufen erstieg und die Hände nach der Schaale in ihren Händen ausstreckte.

„Näher heran!" rief Praxiteles seinem Genossen zu, welcher die Zügel der Pferde an sich genommen hatte, da sie dem in tiefes Anschauen versunkenen Künstler entglitten waren.

„Wir können mit dem Wagen nicht weiter," sagte Mnemarch, „das Volk steht zu dicht."

„So bleibe beim Wagen," gab der Andere zur Antwort, und mit einem jähen Sprunge war er mitten unter der Menge, durch die er sich mit Armen und Ellenbogen hindurchkämpfte, bis daß er am Fuße des Felsblockes zu stehen kam.

Dort oben waren sie nun dicht beieinander, die beiden schönen jugendlichen Gestalten, und wenn zwei Götter zur Erde herabgestiegen wären, so hätten sie nicht anders aussehen können als diese Zwei. Von der Anstrengung des Weges war das Antlitz des Jünglings dunkel erglüht und die schwarzen feurigen Augen hingen in tiefer verzehrender Traumseligkeit an den lieblichen Zügen des Mädchens, das sich über ihn herabbeugte. Ein glückseliges Lächeln umspielte dabei ihre Lippen und ihr Antlitz zeigte den Ausdruck eines freudig befriedigten Stolzes. Leise bewegten sich ihre Lippen, und der Athenische Bildhauer, der mit weit vorgebeugtem Oberleibe und brennenden Augen jeden Zug und jeden Laut des entzückenden Gemäldes einsog, vernahm wie sie flüsternd sagte:

„Hast du gefunden, Myrtolaos?" Und ebenso von ihm zu ihr zurück:

„Noch nicht, Hellanodike."

Noch einen Augenblick standen die Beiden, des Volkes um sie her nicht achtend, ganz nur für sich und in einander versunken, dann erhoben sich aus der Menge, welche ungeduldig zu werden begann, Zurufe.

„Speise den Hermes, Hellanodike," hieß es von hier, und „iß, Hermes" von dort. Die Angerufenen fuhren aus ihren Träumen auf; Myrtolaos griff in die Schale und führte ein paar Erdbeeren zum Munde. Dann nahm er das Gefäß aus Hellanodike's Händen und stieg die Stufen herab, um den Inhalt desselben an die Zunächststehenden zu vertheilen; denn der Gebrauch des Festes schrieb dies vor, weil der Glaube den Früchten eine besondere heilsame Wirkung beilegte. Einer der Ersten, zu denen er hierbei gelangte, war der Athener. Die Augen träumend zur Erde gesenkt, reichte er demselben die Schale, als er fühlte, daß dieselbe festgehalten wurde und zugleich vernahm, wie eine Stimme „ich grüße dich, Hermes" flüsterte. Er blickte auf, und in demselben Augenblick durchzuckte ihn ein unbeschreibliches Gefühl; er empfand sich unter dem Banne einer fremden gewaltigen Persönlichkeit, durchlodert von dem Feuer der strahlenden Augen, die wie zwei durstige Sonnen sein ganzes Wesen zu zerschmelzen und in sich aufzunehmen schienen. Einen Augen=

blick starrte der schöne Tanagräer den wunderbaren Fremd=
ling sprachlos an, dann öffneten sich seine Lippen, als wollten
sie einen Laut, ein Wort hervorbringen, doch bevor dies ge=
schehen konnte, hatte ihn die Welle des umbrängenden Volkes
erfaßt und hinweggerissen. Praxiteles schaute ihm nach. Noch
einmal tauchte Myrtolaos aus dem Schwarme auf, noch
einmal wandte er das Haupt, und noch einmal begegne=
ten sich die Augen beider; dann schlug das Gewühl über
und hinter ihm zusammen. Als der Bildhauer sich nach
Hellanodike umwandte, hatte diese ihren Standort bereits
verlassen — das Fest des Hermes war beendet. —

Im Hause des reichen Myronides zu Tanagra sollte sich,
wie es schien, ein häusliches Fest an das öffentliche an=
schließen. Sclaven waren damit beschäftigt, an den Säulen
und Giebeln des Vorhofes Kränze und Gewinde zu be=
festigen, und der Lärm, den ihr Gelächter und Geschwätz
dabei verursachte, war so groß, daß sie es gänzlich über=
hörten, wie ein Wagen an dem Thore vorfuhr und eine
ungeduldige Stimme nach Myronides, dem Herrn des
Hauses, fragte. Es waren die Reisenden aus Athen, deren
Ankunft nunmehr dem im Inneren verweilenden Gebieter
mitgetheilt wurde. Als der letztere, ein stattlicher Mann
mit stark ergrautem Haupt= und Barthaare, auf der
Schwelle erschien, traten ihm die Athener mit vornehm
höflichem Anstande entgegen und Praxiteles überreichte
ihm die Hälfte eines durchgefeilten Goldringes.

„Sei gegrüßt, Myronides," sagte er dazu, „dies
sendet dir Dexippos aus Athen." Mit schnellem, scharfem
Blicke prüfte Myronides das dargebotene Wahrzeichen,
dann sagte er:

„Und wen begrüße ich in euch, ihr Fremden?"

„Dies hier," sprach der Bildhauer, „ist Mnemarchos
aus Athen, und ich bin Praxiteles."

„Praxiteles, der Bildhauer?"

„Der Bildhauer."

„So sei Derippos gesegnet," rief Myronides, indem er beide Hände des Atheners ergriff, „daß er meinem Hause den Ruhm verleiht den Stern von Attika beherbergen zu dürfen. Tretet ein, werthe Gäste, und laßt euch verrathen, daß Ihr zu guter Stunde kommt. Ich erwarte einige Freunde meines Hauses zum Mittagsmahle, damit sie mit mir den Tag begehen, der unserer Stadt Freude und meinem Hause Ehre gebracht hat."

„Da er Hellanodike, dein liebliches Kind, zur Königin des heutigen Hermesfestes machte?" fragte Mnemarchos.

„Wißt ihr es schon," erwiderte der Hausherr mit zufriedenem Lächeln; „kommt, ein Bad nach ermüdender Fahrt wird euch wohlthun, nach demselben findet Ihr uns im Speisesaale."

Der Raum, in welchen die Ankömmlinge geführt wurden, nachdem sie Hitze und Ermüdung der Reise abgespült hatten, war festlich geschmückt, die Gäste waren versammelt und theilweise bereits auf den Polstern, die den Speisetisch umgaben, gelagert. Als jedoch der Name Praxiteles genannt wurde, fuhr es wie ein Schlag durch alle Anwesenden, es entstand ein allgemeines Aufspringen und Alles umdrängte den berühmten Mann. Aus einer entfernten Ecke des Saales aber richteten sich zwei dunkle Augen mit großem staunendem Blicke auf den, der diesen Namen trug. Praxiteles fühlte sich von diesem Blicke getroffen, sah auf und erkannte Myrtolaos. Mitten durch die übrigen Gäste ging er auf den Jüngling zu, faßte den Erröthenden an beiden Händen und sagte:

„Hermes von Tanagra, der du einst wohnen wirst bei dem Olympischen Zeus, ich grüße dich zum zweiten Male."

Die Gäste sahen sich bei diesen seltsamen Worten

fragend an; bevor sie aber noch Zeit gehabt, ihre Gedanken
flüsternd auszutauschen, erschienen auf einen Wink des Hausherrn Sclaven, die an silbernen Stäben Kränze von weißen
und rothen Rosen trugen, die sie den Gästen auf das Haupt
setzten. Eben näherte sich Einer derselben dem Athenischen
Künstler, als Myrtolaos, der bis dahin mit seiner Schüchtern-
heit gekämpft hatte, plötzlich herantrat und, nachdem er
Praxiteles einen Augenblick wie prüfend mit den Augen
gemustert hatte, einen Kranz von purpurrothen voll auf-
geblühten Rosen wählte, mit welchem er zu jenem herankam.

„Gesegnet seien meine Hände," sprach er mit bebender
Stimme und so leise, als wollte er seine Worte vor den Ohren
der übrigen hüten, „daß sie dich kränzen dürfen, großer, herrlicher Praxiteles." Dabei drückte er ihm den Kranz auf die
Locken und der Athener fühlte, wie die Hände des Jünglings
auf seinem Haupte zitterten. Er wollte etwas erwidern, indem er jedoch in die großen dunklen Augen blickte, die sich
voller Bewunderung zu ihm erhoben und dennoch so ganz im
eigenen Reiche ihrer Träume zu leben schienen, verstummte
er und ließ den Jüngling schweigend gewähren. Myrtolaos
trat bescheiden zurück und als man sich an der Tafel nieder-
ließ, nahm er am untersten Ende derselben seinen Platz.

Die Mahlzeit war reichlich und währte lange. Endlich
ging sie zu Ende, und in großen Mischkrügen ward der Wein
zum Nachtisch aufgetragen. Myrtolaos erhob sich und verließ
den Saal, die Männer sich und ihren Gesprächen überlassend.

Sobald er hinausgegangen, wandte sich Praxiteles an
den Hausherrn.

„Sage mir," so begann er, „du überreicher Myronides,
sind diese beiden jungen Rosen, Hellanodike und Myrtolaos,
in deinem Garten gewachsen? Sind sie beide deine Kinder?"

„Ich betrachte sie beide als solche," versetzte der Tanagräer, „wenngleich nur Hellanodike mein leibliches Kind ist."

„Und wer und woher ist dieser Jüngling, den ich beim Hermesfeste bewundert und in deinem Hause wiedergefunden habe?"

„Es sind nun zehn Jahre her," sagte Myronides, „als in unserer Stadt, von Norden kommend, ein Greis erschien, in dessen Gesellschaft ein auffallend schöner Knabe sich befand.

Der Alte, von langer mühseliger Wanderung erschöpft, brach zusammen, und da es grade vor meiner Schwelle war, so nahm ich ihn in mein Haus und pflegte ihn in seinen letzten Stunden. Als er keine Rettung mehr vom Tode sah, ließ er mich an sein Lager rufen, der Knabe saß neben ihm, und mit unendlicher Zärtlichkeit streichelte die welke Hand des Sterbenden die dunklen Locken des jungen Hauptes.

„Geh hinaus," sagte er zu ihm, „Myrtolaos, mein Liebling, bis daß ich dich wieder rufen lasse" — er hat ihn nicht wieder rufen lassen.

„Ich sterbe," wandte er sich dann zu mir, „und kann dir nichts zum Danke für deine Wohlthat hinterlassen, da ich wie ein Bettler in dein Haus gekommen bin; nur ein Kleinod besitze ich, und ich lasse es gern in deinen Händen, da ich dich für einen edlen Mann halte: es ist jener Knabe. Glaube mir — es ist etwas Wunderbares mit ihm. Ich bin aus Lokris, er aber stammt aus Athen, von wo seine Eltern zu der Zeit, als die dreißig Thrannen daselbst regierten, mit ihm entflohen waren. Seinem Vater gab ich Arbeit auf meinem Felde, und sie wohnten in einer Hütte, die auf dem Felde lag; es war eine elende Hütte; aber ich war arm und hatte nichts besseres. Der Vater starb, und das Weib blieb wohnen, zur Arbeit zu schwach, mir eine Last. Ich bekümmerte mich wenig um sie. — Da kam mir in einer Nacht ein wunderbarer Traum: Ich sah das Innere jener Hütte, und mitten darin stand, von Staub bedeckt, ein erhabenes Marmorbild. Die Augen des Bildwerks waren auf mich gerichtet, seine Lippen öffneten sich und mit feierlichem, klagendem Tone sprach es zu mir:

„So lässest du den Schatz verkommen, den dein Haus besitzt?"

„Ich erwachte, und sobald der Tag gekommen war, begab ich mich in die Hütte, die sie bewohnten. Ich fand die Frau todt auf ihrem Lager ausgestreckt und ihr zur Seite stand der Sohn. Als ich eintrat, wandte der Knabe das Haupt und sah mich an — und in jener Stunde beschloß ich, ihn nie mehr zu verlassen. — Du hast gehört, fuhr der Greis fort, daß in alten Zeiten die Götter des Olymps zur Erde herabgestiegen sein sollen; du hältst es für Sage; und so that auch ich. In jenem Augenblicke aber sah ich, daß es ge= schehen könne, denn vor mir stand leiblich und wahrhaftig einer der Bewohner des Olymp. Nicht heiter, nicht fröhlich, wie wir uns die Bewohner der ewigen Heiterkeit denken; ein träumender junger Gott, und sein Antlitz verrieth das Leiden ob seiner Verbannung in die Qualen des Menschenlebens.

„Myrtolaos," sagte ich, und mir war als berührte ich ein Heiligthum, indem ich die Hand auf sein junges Haupt legte, „willst du bei mir bleiben und daß ich dein Vater sei?"

Er hob die Augen zu mir auf, dann neigte er das Haupt, und ohne Zudringlichkeit und ohne Scheu ergriff er meine rechte Hand. Ich schlug meinen Mantel um ihn, denn es war Winter, und die Winter in den Lokrischen Bergen, weißt du, sind kalt, und führte ihn, indem ich ihn an mich drückte, über die Straße in mein Haus, wo mir nicht Weib noch Kinder lebten. Sieh dieses Haus, sagte ich zu ihm, da wir eintraten, du wirst es bewohnen, solange du willst, und du wirst wissen, daß es dir gehört. Darauf schlang er die Arme um meinen Hals, und lautlos flossen zwei große Thränen über die edlen vom Schmerze nicht verzerrten

Züge des schönen Angesichts herab. Ich bereitete ihm ein Lager, denn er kämpfte mit der Müdigkeit, und bettete ihn so weich ich vermochte und hüllte ihn warm in schützende Decken. Dann, nachdem er eingeschlummert, stand ich lange Zeit vor ihm und staunte über das Menschenschicksal, welches diese edle Blume vom heimath= lichen Boden losgerissen hatte, damit sie in meiner fernen bescheidenen Hütte neue Wurzeln schlüge. Fünf Jahre, fuhr der Alte fort, haben wir nun zusammengelebt, und in dieser Zeit war keine Stunde, in der er mich betrübt hätte. Er half mir in allen Handtirungen des alltäglichen Lebens, ging mir zur Hand im Hause und auf dem Felde und erfreute mich durch alle jene unscheinbaren und doch so wohlthuenden Liebesbezeugungen, mit denen ein edles Menschenherz uns zu beschenken weiß. Nur einen Kummer bereitete er mir, er ward nicht fröhlich, und die Schwer= muth wollte aus seinen Augen nicht weichen. Auch be= merkte ich wohl, daß er ein zwiefaches Leben führte, denn immer, wenn die Arbeit des Tages vollbracht war, trieb es ihn in die Einsamkeit hinaus, und er war dann stunden= lang ganz mit sich allein. Ich störte ihn nicht, aber einstmals folgte ich ihm und beobachtete ihn, ohne daß er es ahnte. Ich fand ihn auf einer vorspringenden Klippe des Gebirges, welche einen weiten Umblick nach Süden gewährte. Dort saß er, anfänglich in tiefer Träumerei; dann erhob er sich und aus einer nahebei gelegenen Thon= grube sah ich, wie er sich mit den Händen Thon brach, mit dem er zu seinem Lieblingsplätzchen zurückkehrte." — Praxiteles, der dem Erzähler mit tiefem Ernst gefolgt war, lauschte bei diesen Worten auf.

„Er brach sich Thon?" fragte er.

„So erzählte mir der Alte, und mit dem Thon begann er zu spielen, er drückte und knetete ihn, und ich bemerkte,

daß seine Augen während dieser Thätigkeit ihren träumeri=
schen Ausdruck verloren und den der gespanntesten Aufmerk=
samkeit annahmen; von Zeit zu Zeit ließ er die Hände ruhen,
blickte hinaus, als suche er sich die Linien des Vorbildes zu=
sammenzustellen, das er nachahmen wollte, und er kehrte
dann zu seiner Thätigkeit zurück. Er betrachtete das Gebilde
seiner Hände, schüttelte wie unwillig das Haupt und warf
alles über die Klippe hinweg in die Tiefe. Ich hütete mich,
ihm zu verrathen, daß er beobachtet worden; doch als er in
das Haus zurückgekehrt, und die Abendmahlzeit eingenom=
men war, sagte ich sanft: „Nichtwahr, Myrtolaos, du bist
unglücklich, daß du hier bei mir wohnen mußt?" Er sah
mich groß und ernst an. „Nein, sprach er, nicht unglücklich,
aber ich sehne mich." „Du sehnst Dich? Und wonach?"
„Ich kann es dir nicht sagen, erwiderte er, denn ich weiß es
nicht zu beschreiben, aber manchmal zieht es durch meine
Seele, dann glaube ich es zu wissen, und dann ist es mir,
als hätte ich einstmals vor langer Zeit einen Traum gehabt
von wunderbaren und wundervollen Dingen. Männer
stehen um mich her und Frauen, schön wie ich sie hier nie=
mals gesehen, doch es sind, glaube ich, keine wirklichen
Menschen, denn sie stehen immer stumm, immer regungslos
— du meinst Bildwerke, unterbrach ich ihn, wie sie die
Künstler gestalten? Sein Auge leuchtete heiß auf und er
rückte dicht zu mir heran: Sage mir, mein Vater giebt es
Menschen, die es vermögen?" „Gewiß, sagte ich, die großen
Bildhauer in Athen sind dafür berühmt. O, rief er, so hat
mich meine Ahnung doch nicht getäuscht. — Möchtest du
diese Kunst erlernen? fragte ich ihn. Er bebte vor innerer
Erregung, und so leise, als vertraute er mir ein heiliges
Geheimniß an, sagte er: ja, mein Vater, ich glaube, ich
möchte es gerne. Denn wenn jener Traum kommt, siehst du,
dann stellen sich die Gestalten um mich her, ich sehe sie ganz

nahe, ganz deutlich, und dann erfaßt es mich — ich weiß nicht, was es ist — es legt sich mir schwer auf die Brust, bis daß ich versuche sie nachzubilden." — „In geknetetem Thon? unterbrach ich ihn forschend, — ja, ja, rief er, sich selbst ganz vergessend, weißt du es auch? hast du es auch versucht? Ach nicht wahr, wie das seltsam ist und herrlich, wenn man den Thon so in den Händen fühlt, wenn man fühlt, daß man daraus Menschen und Thiere und die ganze Welt bilden könnte, wenn man die Kunst nur verstände — o mein Vater — und er umklammerte plötzlich meine Kniee — lehre mich diese Kunst!" — Ich mußte lächeln, fuhr der Alte fort, obschon mir sehr ernst zu Muthe war. Diese Kunst, sagte ich zu ihm, vermag ich dir nicht zu lehren. Er sah mich erstaunt an und mit einem Ausdrucke, als begriffe er nicht, warum ich ihm den Wunsch seines Herzens nicht erfüllen wolle." —

„Er soll ihm erfüllt werden," rief plötzlich Praxiteles, der mit schwer athmender Brust den Worten des Erzählers gefolgt war, „und er ist da, der sie ihm lehren wird." Vom Sitze aufspringend ging er im Saale auf und nieder, sein großes Auge leuchtete wie ein glühender Brand und das Herz schlug ihm schwer an die Brust.

„Ruf' mir den Knaben herein, Myronides," wandte er sich an diesen, „ich will ihm sagen, daß Praxiteles selbst es sein wird, der ihm die ersehnte, die heilige Kunst lehrt!" Der Anblick des leidenschaftlichen Mannes, seine stürmischen Worte wirkten zündend auf die übrigen Gäste. Alle sprangen auf, drängten sich um Myronides und den Athenischen Künstler, und es entstand ein summendes Geräusch von glückwünschenden Stimmen. Nur ein Einziger hielt sich ferne und beobachtete mit scharfen Blicken die Entwickelung der Dinge. Es war ein jüngerer Mann von wenig einnehmendem Gesichte, der sich während

der ganzen Mahlzeit schweigsam und verschlossen ge=
zeigt hatte.

„Laß mich zu Ende erzählen," sagte lächelnd Myro=
nides. Ungeduldig aber fiel ihm Praxiteles in das Wort.

„Was ist noch zu erzählen — Zukunft ist alles
Uebrige. Der Greis, von dem du uns erzählt, war mit
ihm auf der Reise nach Athen, nicht wahr? und unter=
wegs überfiel ihn der Tod?"

„Du hast es errathen," erwiderte der Hausherr.

„Heil seinem Angedenken," rief der Bildhauer, „daß
er die Stimme der Götter verstand, und Heil dir, Myro=
nides, daß du dem Knaben ein gastliches Dach gewährtest
— aber von nun an," und die Stimme des Künstlers
ward langsam und feierlich, „ist er nicht mehr der Deine,
er hat dir gehört, Myronides, von nun an gehört er den
Göttern und mir." Es lag etwas so königlich beherrschendes
in der Geberde, welche diese Worte begleitete, diese Worte
selbst, der Ausbruch einer gewaltigen Natur, trugen so das
Gepräge siegreicher innerer Berechtigung, daß sie über=
wältigend auf Alle wirken mußten, die sie vernahmen.
Dennoch stand Myronides einen Augenblick in tiefen Ge=
danken versunken. Nun trat der schweigsame Gast an den
Wirth heran und indem er ihn einige Schritte von den
Uebrigen hinwegführte, sagte er leise und eindringlich:

„Was überlegst du? Ist auf diese Weise nicht Allen am
besten geholfen?" Myronides sah ihm prüfend in das Gesicht.

„Dir, Phayllas," sagte er ebenso leise, „freilich wohl."

„Und bir nicht?" fragte dieser scharf zurück, „und
Hellanodike, deiner Tochter, nicht?" Ohne zu antworten,
senkte Myronides das Haupt, dann trat er auf Praxiteles zu.

„Du forderst viel von mir, Praxiteles," sagte er, und
in seiner Stimme war ein leises Zittern, „ich lasse ihn
nicht leicht ziehen, er ist mir an das Herz gewachsen und

hat Wurzeln geschlagen in diesem Hause, und wenn du
ihn herausreißest, wird Erde an den Wurzeln bleiben, und
mehr als Einer wird es schmerzlich spüren. Denn wenn
er auch nicht selber einer der Göttlichen ist, so ist er doch
einer ihrer Lieblinge, und sie gaben ihm das Geschenk,
das sie ihren Lieblingen geben, den unsichtbaren Zauber,
Beliebtheit bei den Menschen. — Laß" — sagte er, als
Praxiteles ihn unterbrechen wollte, „ich weiß, was du mir
sagen willst und fühle, daß ich seinem Schicksal nicht in
den Weg treten darf. Aber vergieb dem älteren Manne
seine Frage, Praxiteles, wirst du ihn glücklich machen?"

„Ja," rief der Athener mit feierlich erhobener Hand,
„ist er das, was ich glaube, daß er ist, so werde ich ihn
glückselig machen."

„So sprichst du," entgegnete der Andere, „weil du
Praxiteles, der von den Göttern begnadigte Künstler bist,
aber was weißt du von ihm? Einige Worte eines phanta=
sirenden Greises, sind sie dir Gewähr, daß er das besitzt,
was einzig das Leben des Künstlers erträglich macht,
wahrhafte Begabung?" Praxiteles sah ihm mit tiefer
Rührung in die Augen.

„Du fragst mich zuviel, Myronides," sagte er, „kann
ich dir mehr sagen, als dies: ich glaube an ihn? Ich
glaube an mein Gefühl, das mich ergriff, als ich die
dunklen sehnsüchtigen Augen zum ersten male heute sah, ich
glaube an ihn, seit ich die Geschichte seiner Jugend kenne."

„Wohlan," entgegnete Myronides, „so will ich ihn zu
dir führen, und er selbst soll über sein Schicksal entscheiden."

Mit seinen übrigen Gästen verließ Myronides den
Saal, Praxiteles blieb allein zurück. In tiefen Gedanken
durchmaß er den Raum, während die Sclaven beim
Scheine der Fackeln die Ueberreste der Mahlzeit sammt
den Tafeln abzuräumen begannen.

„Hört," sagte Praxiteles, als der letzte von ihnen den Saal verlassen wollte, „habt ihr Thon in eurem Hause?"

„Thon?"

„Ja, Töpferthon." Es fand sich, daß zufällig ein Haufe davon im Hofe lag, und Praxiteles befahl dem Sclaven eine Schüssel voll zu bringen. Erstaunt folgte dieser dem Befehle. Sobald das Gewünschte erschienen war, winkte der Bildhauer den Sclaven hinaus, dann warf er das Oberkleid ab und mit leidenschaftlicher Hast griff er mit beiden Händen in die weiche Masse hinein. Er knetete und formte, seine Augen gingen über seine Hände hinweg, als wollten sie den Gegenstand festhalten, nach dem er arbeitete, und mit erstaunlicher Geschwindig= keit entstand unter seinen Händen ein menschliches Haupt. Ganz in sein Werk versunken, mit zuckenden Lippen und brennenden Augen schaffte er unablässig an seinem Werke fort, so daß es bald soweit gediehen war, daß er den in Lebensgröße geformten Kopf, dem er einen Ansatz des Halses angefügt hatte, aufstellen konnte. In diesem Augen= blick kam Myronides mit Myrtolaos und Mnemarch zurück; hinter ihnen trat Phayllas ein. Ueberrascht blieben sie stehen, denn das erste, was sich ihren Blicken bot, war, vom flackernden Lichte der Fackeln beleuchtet, das Werk des Praxiteles. — Myrtolaos aber stieß einen lauten Schrei aus, stürzte bis dicht an die Tafel, auf welcher der Bildhauer sein Werk aufgestellt hatte, und blieb dort lautlos und mit wogender Brust stehen.

Trotz der Schnelligkeit, mit der er entstanden, war der Kopf in der That von wunderbar ergreifender Schön= heit. In sanfter Neigung beugte der Hermes, den das Werk darstellte, das Haupt vornüber, und die Züge des Antlitzes erinnerten, in himmlischer Verklärung, an die Züge des Hermes von Tanagra.

Praxiteles stand hinter der Tafel und betrachtete mit scharfen prüfenden Blicken den Jüngling, dem er Zeit ließ, sich von seinem Erstaunen zu erholen. Dann wandte er sich lachend zu den Anderen.

„Ich habe mir in eurer Abwesenheit ein wenig die Zeit vertrieben," sagte er, und er machte eine Bewegung, als wollte er sein Gebilde wieder zerdrücken. In dem Augenblick stürzte Myrtolaos auf ihn zu und sagte mit flehender Stimme: „nicht zertrümmern, — o, nicht ver= nichten!" In den Augen des Atheners flammte es heiß und seltsam auf.

„Myrtolaos," sagte er mit tiefer Stimme, „möchtest du solche Dinge selbst schaffen können?" Der Jüngling sah ihn an, unfähig eines Wortes.

„Willst du es lernen, Myrtolaos? Willst du es von Praxiteles, dem Athenienser, lernen?"

„Lehre mich deine Kunst," rief der Jüngling, und wie von einer übermächtigen Gewalt ergriffen, sank er vor dem großen Meister in die Kniee, „lehre mich deine Kunst, herrlicher, großer Praxiteles."

„Wenn du mein Schüler sein willst," sagte Praxiteles, „so mußt du mir nach Athen folgen — bist du bereit?"

„Ich bin bereit, laß mich dir folgen, wohin du gehst."

„Du mußt dies Haus, Myronides deinen Vater und Alles, was sonst dir lieb gewesen in diesem Hause, ver= lassen, willst du?"

„Ich will," sagte Myrtolaos, und sah den Bildhauer mit leuchtenden Augen an.

„Wohlan," rief Praxiteles, indem er die Hand auf des Jünglings Haupt legte, „so nehme ich von dir Besitz, Myr= tolaos, und weihe dich dem Dienste der Götter, die deine junge Brust unverstanden und unbegriffen bewohnt haben; ich will deine Augen öffnen, damit du deine Götter erkennst."

2*

Myronides hatte mit keinem Worte den feierlichen Auf=
tritt unterbrochen. Als er nun alles entschieden sah, trat er
auf Myrtolaos zu, breitete schweigend die Arme aus, und
der Jüngling warf sich an die Brust des edlen Mannes.
„Er ist nun dein," wandte sich Myronides an Praxi=
teles, „nimm ihn mit dir, wann es dir gefällt."
„Dann also morgen," sagte der Bildhauer.

———

Es war spät geworden; die Insassen des Hauses be=
gaben sich zur Ruhe, auch Praxiteles suchte sein Gemach auf.
Mnemarchos aber trat, ehe er dem Beispiele der
Anderen folgte, in den Garten, der sich weitläufig hinter
dem Hause ausbreitete. Die Nacht war warm, ein leichter
Wind jedoch, der von dem fernen Meere aus Südosten
herüberwehte, kühlte die schwüle Luft und trug den Duft
der Olivenbäume aus der Landschaft daher. Von dem
hochgelegenen Garten hatte das Auge einen weiten Umblick
in die Ferne; der beinahe volle Mond stand in der laut=
losen Luft und ließ die nackten Häupter der Gebirge
glänzend hervortreten, während er die Olivenhaine zu ihren
Füßen mit dämmernden Schatten umwob. Nicht das
schöne schweigende Landschaftsbild aber war es, was die
Gedanken des Mannes erfüllte, der mit heißen Schläfen
den Garten durchwandelte, ein anderes lebendigeres Bildniß
trat vor seine Seele und indem es sich tiefer und tiefer
in seine Phantasie drängte, machte es sein Blut in heißer
Gährung wallen. Er dachte an Hellanodike. Seit dem
Augenblicke, da er sie heute beim Hermesfeste gesehen,
verließ ihn das Bild nicht mehr und ein wildes Begehren
nach dem schönen, jungen, blühenden Weibe wuchs in
seinen Sinnen empor.
Da, als er einen dunklen Laubgang beinah bis zum
Ende durchschritten hatte, vernahm er ein Geräusch von

Stimmen und vor sich, vom hellen Mondschein beleuchtet, sah er zwei jugendliche Gestalten, die sich mit umschlungenen Armen hielten; er waren Myrtolaos und die Tochter des Myronides. Der Athener drängte sich in das Dunkel des Gebüsches.

„So hast du nun gefunden, was du suchtest, Myrtolaos?" sagte das Mädchen mit ernster, beinahe trauriger Stimme zu ihrem Begleiter.

„Ja, Hellanodike," gab der Jüngling zur Antwort, „meine Ahnung, daß ich an diesem Tage die Erfüllung meines Lebens finden würde, hat mich nicht getäuscht; ich habe gefunden." Hellanodike blickte stumm in die dämmernde Landschaft hinaus.

„Siehe, wie der Kithäron im weißen Mondlicht schimmert," sagte sie, „das ist die Pforte Attikas — und dahinter, weit weit dahinter liegt Athen und dort wirst du nun sein — und ich hier." Ein Schluchzen quoll in ihrem Busen empor und indem sie in Thränen ausbrach, schlang sie die Arme um den Nacken des geliebten Jünglings und die Lippen beider fanden sich im langen schmerzenssüßen Kusse.

Mnemarch drückte die Stirn an den Baum, der ihn verbarg. Er hörte nicht das rührende Stammeln des Herzens, das in seinem Liebeskummer brach, er war nur heißer entflammter Sinn, und er sah nur, wie das leichte Gewand von den erhobenen Armen zurückfiel, daß sie leuchtend im Mondlichte ihre weiche Fülle enthüllten, sah nur, wie das losgebundene Haar in den herrlichen Nacken hinabfloß, sein Begehren wurde Verlangen und er begann über Pläne zu sinnen, wie er sein Verlangen sättigen könnte.

„Myrtolaos," rief das Mädchen mit erstickter leidenschaftlicher Stimme, „du, dessen Wünsche meine Wünsche waren, bei dessen Trauer ich trauerte, muß es sein, daß du mich verläßt? mußt du gehen?"

„Hellanodike," erwiderte er zitternd, und drückte sie heiß und wild an sich, „warum haben es mir die Götter auferlegt, daß ich die Menschen, die ich liebe und die mich lieben, unglücklich machen muß durch diesen dunkeln Drang, der mich beseelt? Hellanodike, ich kann nicht bleiben, ich muß mit ihm nach Athen gehen, ich muß!"

„Ich weiß wohl," gab sie klagend zurück, „du kannst nicht leben wie die andern Menschen allhier, sonst weißt du, hätte der Vater dir seine Tochter nicht versagt; aber du hast es mir gesagt, die engen Mauern Tanagras ersticken dich, darum mußt du hinaus in das große strahlende Athen — dort wirst du unter deinen Göttern und Göttinnen leben und schaffen und über ihnen derer vergessen, die deiner hier gedenken. Und Hellanodike wird nun das Weib des Phayllas werden — o Phayllas," rief sie schauernd und barg ihr Antlitz an der Brust des Geliebten. — In stummer Qual stand Myrtolaos neben ihr, er vermochte ihr nichts zu sagen, denn in seiner eignen Seele dämmerte, vielleicht zum ersten male, ein Bewußtsein auf, welche Fülle von Schönheit, Liebe und sicherem Lebensglück er dahin gab für ein dunkles in Zukunft gehülltes Leben — und dennoch, während er das süße lebendige Herz an seiner Brust klopfen fühlte, war es ihm, als schwebte aus Attika ein feierlicher Zug erhabener Gestalten daher, als winkten sie mit den ernsten Häuptern und flüsterten ihm zu: Du gehörst zu uns; und er schwieg, und vermochte nicht zu sagen: „Hellanodike, ich will bleiben."

In diesem Augenblicke knisterte es im Gebüsch und zu den Zweien, die erschrocken auffuhren, trat ein Dritter. Es war Mnemarchos.

„Erschreckt nicht," sagte er zu ihnen, „es ist ein Freund, der euch naht; erkennt ihr mich?"

„Mnemarchos, der Athener," sagte leise Myrtolaos, „der Freund des Praxiteles."

„Und euer Freund," wiederholte jener, „der euch zu sagen kommt, daß ihr unnöthig klagt, da ihr eurer Beider Wünsche erreichen und dennoch ungetrennt bleiben sollt."

Hellanodike sah ihn staunend mit den großen unschuldigen Augen an:

„Wie meinst du das, fremder Mann?" sagte sie zögernd.

„Ich meine," erwiderte Mnemarch, „daß Phayllas, den du nicht liebst, dein Gatte nicht werden soll, daß du mit uns hinweggehen sollst von hier, hinüber nach Athen." Sie zuckte auf; „aber mein Vater," sagte sie schüchtern.

„Das, was ich dir vorschlage," sagte der Athener, „wird deinem Vater in erster Zeit freilich einigen Schmerz bereiten, denn da er seine Einwilligung nicht geben würde, muß es ohne sein Wissen geschehen. Aber er ist ein edler Mann und ein Freund der Kunst; und hierauf baue ich meinen Plan: Wenn Myrtolaos ein Künstler und Bildhauer wird, wie wir es hoffen — und aus der Werkstatt des Praxiteles ist noch keiner als Stümper hervorgegangen — wenn ihm sein erstes großes Werk gelungen, dann wird er mit dir vor deinen Vater treten, ihm sein Werk zu Füßen legen und sprechen: ich that Unrecht an dir, Myronides, aber ich that es, weil ich nicht lassen konnte von meiner Kunst und nicht von Hellanodike, deinem Kinde, und hier ist der Preis, mit welchem ich deine Vergebung und dein Herz mir zurückerkaufen will; und Myronides wird ihm und dir verzeihen." Diese Worte waren mit solcher überzeugenden Beredsamkeit gesprochen, daß sich die jungen Leute tief davon ergriffen fühlten.

„O Hellanodike," flüsterte Myrtolaos, indem er sie sanft an sich drückte, „hättest du dazu den Muth?"

„Sie wird den Muth haben," nahm Mnemarch statt ihrer das Wort, „wenn sie wahrhaft liebt und wenn sie in Wahrheit will, daß du ein Künstler werdest; denn nur in der Nähe der Geliebten gehen dem Künstler die Sinne zum großen lebendigen Kunstwerk auf — ober glaubt ihr, daß Praxiteles und die andern großen Meister ohne die belebende Nähe ihrer Geliebten zu schaffen vermocht hätten, was sie schufen?" Unwillkürlich klang ein cynischer Laut durch diese letzten Worte, aber die beiden keuschen jungen Seelen hörten und verstanden ihn nicht.

„Welchen Freund haben uns die Götter zu guter Stunde gesandt," rief der Jüngling; „o Hellanodike, Geliebte, sein Plan ist schön und verheißungsvoll, sage, daß du willst?" Sie schauerte und bebte und von einem unbestimmbaren Gefühl getrieben, drängte sie sich fester in seine Arme.

„Aber mein Vater," sagte sie leise, „wird mich suchen und finden?" Mnemarch schien einen Augenblick zu überlegen.

„Auch hierfür," sagte er, „ist gesorgt. Ich weiß einen Ort, wo er dich nicht suchen wird; wohne bei mir, in meinem Hause."

„In deinem Hause?" und sie trat unwillkürlich einen Schritt zurück.

„Du mußt nicht erschrecken," versetzte er mit einschmeichelnder Stimme; „ich wohne allein mit meiner Mutter, du wirst in ihrer Obhut sein."

„Laß deine Sorgen fahren," rief Myrtolaos, der zu neuem Leben erwacht schien; „hörst du nicht, daß dieser Mann uns wirklich Rath ertheilt wie ein Freund? Sage, daß du mit uns gehen willst?" Ein letzter stummer Kampf schien ihre Seele zu bewegen, als sie stumm, mit überströmenden Augen zum Hause ihres Vaters zurückschaute, dann sprach sie mit klarer ruhiger Stimme:

„Ja, Myrtolaos, ich will." Und indem sie sich zu Mnemarchos wandte, fügte sie leise hinzu: „und so begebe ich mich in deinen und deiner Mutter Schutz — bis daß wir zum Vater zurückkehren, nicht wahr, Geliebter?"

„Bis daß wir zu ihm zurückkehren," rief dieser froh=
lockend, und küßte ihr die Thränen aus den Augen. —

Es ward nun beschlossen, Praxiteles vorläufig nichts
von dem Plane mitzutheilen, und zugleich wurde ein Tag
in der nächsten Zeit festgesetzt, an welchem Hellanodike sich
in den am Fuße des Stadtberges belegenen Olivenhain
begeben sollte; in dem Haine würde Mnemarch mit einem
Wagen ihrer warten und sie nach Athen entführen.

„O komm du auch," sagte sie zu Myrtolaos, als sie
diesen letzten Vorschlag hörte, und es klang wie Angst aus
ihren Worten. Mnemarch biß sich auf die Lippen.

„Er soll mich begleiten," sagte er rasch, „und du sollst
mit uns beiden zusammen die Reise machen."

So trennte man sich, und Mnemarch suchte sein Ge=
mach auf.

Als Hellanodike und Myrtolaos schüchtern die Schwelle
des Hauses überschritten, in dem kein Laut sich regte, sank
das Mädchen in plötzlicher Bewegung in die Kniee.

„Komm," sagte sie und zog den Geliebten zu sich
hernieder; „es war uns so lange ein gütiges Haus — wir
wollen zu den Göttern beten, daß es dereinst uns wieder
aufnehme in seine Arme." —

———

Wie goldne Schmetterlinge kamen die ersten Strahlen
der Frühsonne in die Werkstatt des Praxiteles zu Athen
herein gehüpft. Sie huschten umher, vertheilten sich, fanden
sich wieder zusammen und umflatterten, als getrauten sie
sich nicht heran, die Blumen dieses Gartens, Bildwerke,
Statuen und Büsten, die ausgeführt oder im Werden be=
griffen, an den Wänden entlang zwischen den Säulen ver=
streut in unendlicher Fülle standen. Endlich faßte ein
kleiner vorwitziger Sonnenstrahl sich ein Herz und setzte

sich mitten in das krause Lockengewirr auf dem Haupte
eines träumerisch holdseligen jungen Faun, ein zweiter,
schon etwas begehrlicherer Sohn der Sonne hing sich
naschend an die blühenden Lippen der schönen Aphrodite
daneben, ein dritter warf sich der Göttin an den Busen
und sog sich mit glühendem Kusse zwischen ihren quellenden
Brüsten fest. Und die holde Göttin fühlte in ihrem mar=
mornen Leibe die süße Gluth der küssenden Lippen; sie
lächelte, und an ihrem Lächeln entzündeten sich die steinernen
Angesichter rings umher, eine göttliche Heiterkeit wallte und
wogte durch den kunstgeschmückten Raum, es sah aus, als
höben sich die Glieder, als reckten sich die Arme, und die
Geschöpfe des Praxiteles begrüßten ihre und ihres Erzeugers
himmlische Mutter, die strahlende junge Sonne von Athen.

Mitten unter allen diesen Herrlichkeiten stand Myrto=
laos, ganz in staunendem Anschauen verloren. Räthselhafte
Gefühle mischten sich in seiner Brust. Die Traumgebilde
seiner jungen Tage hatten Körper und Gestalt gewonnen;
aber das, was er um sich her erblickte, war so überwäl=
tigend, erschien ihm als der Ausdruck einer Natur, die so
übermächtig über seiner eigenen stand, daß er sie wie eine
fremdartige empfand und daß ein Gefühl lähmender Be=
wunderung vorläufig jede andere Empfindung erdrückte.
Ganz besonders war dies der Fall gegenüber einem Werke,
das, wie es schien, soeben erst unter dem Meißel hervor=
gegangen war und das sich von den übrigen etwas abge=
sondert unweit der Stelle erhob, wo einige Stufen aus der
Werkstatt in die Wohnräume des Künstlers hinaufführten.
Es stellte eine Aphrodite dar, welche sich anschickte, in das
Bad hinabzusteigen, und was noch kein Bildhauer gewagt
hatte, hier war es vollbracht: die Göttin war jeglicher Ge=
wandung entledigt, und der weibliche Körper bot sich in un=
verhüllter Nacktheit dem Auge dar. Welche Ströme lodernder

Sinnlichkeit mußten die Brust durchrauschen, die diesen im
Licht der Schönheit gebadeten Leib zu erwecken vermocht;
und zugleich, welche allmächtige Selbstbeherrschung mußte
das Haupt regieren, das von dieser Schönheit, jeden Hauch
niederer Lüsternheit fern zu halten gewußt hatte. Unwill=
kürlich schüttelte er das Haupt — es war ihm, als richte
sich eine unüberwindliche Schranke vor ihm auf, als
blickte er in ein Land hinein, das er nie betreten würde.

Da plötzlich erweckte ihn ein leises Geräusch; ihm ge=
rade vor die Füße fiel eine voll aufgeblühte dunkelrothe
Rose, die von hinten her über sein Haupt geworfen sein
mußte, und während er sich erstaunt danach bückte, erscholl
hinter seinem Rücken ein silberhelles schelmisches Lachen.
Er wandte sich und blickte in die schönen Augen eines
reizenden Weibes, welches Arm in Arm mit Praxiteles auf
den Stufen stand, die zu des Letzteren Gemächern führten.

Die Beiden mußten den Träumer schon eine Zeit lang
beobachtet haben, denn nur so ließ sich der schalkhafte
Muthwille erklären, mit dem die fremde Schöne den er=
röthenden Myrtolaos ziemlich keck und prüfend musterte.
Aber auch das Gesicht des Praxiteles zeigte einen anderen
Ausdruck als früher: der feierliche Ernst, wie ihn Myrtolaos
im Hause des Myronides an ihm gesehen, war dahin, und
aus den dunklen Augen sprühte heißer lachender Frohsinn.

Mit unnachahmlicher Grazie schlang das Weib den
schönen Arm um den Nacken des Bildhauers und indem
sie sich an seine Brust schmiegte, sagte sie:

„O Praxiteles, du Vielgepriesener, jeder Tag beginnt
mit einer Huldigung für dich; und wenige, glaube ich,
werden so innig empfunden sein, wie die stumme ver=
schwiegene, die wir hier belauschten. Komm her, du schöner
Knabe," wandte sie sich zu Myrtolaos, und streckte ihm,
der sich schüchtern näherte, die Linke entgegen. Sobald er

ihre Hand berührt hatte, hielt sie dieselbe fest, beugte sich
von den Stufen herab und drückte einen herzhaften Kuß
auf die Lippen des schönen Tanagräers. Dieser zeigte
ein so erstauntes Gesicht, daß Praxiteles und seine
Freundin unwillkürlich in helles Gelächter ausbrachen.

„Fürchte dich nicht," sagte das Weib; „es ist keine
Schande, von Phryne, der Aphrodite von Knidos geküßt
zu werden." Myrtolaos wandte sich nach der Aphrodite um
und dann mit einem leisen Rufe der Ueberraschung zurück:
das Urbild der schönen Göttin stand leibhaftig vor ihm.

„Erkennst du sie?" rief Praxiteles mit freudig triumphi=
rendem Lächeln, „und ist sie würdig, daß die Bewohner
von Knidos, bei denen sie fortan wohnen wird, zu ihr
aufblicken und sprechen: sie stammt aus dem Olymp?"
Phryne verschloß ihm den Mund, indem sie die üppigen
Lippen auf die seinigen drückte.

„Du unheiliger Prometheus," rief sie, „der du nicht
nur Menschen, der du Götter aus so unheiligen Stoffen
zu schaffen vermagst" —

„Nein, sprich nicht so," rief Myrtolaos plötzlich,
„nenne diesen Leib, der Vorbild zu solchem Bildwerk ge=
worden, nicht unheilig!" Seine Augen leuchteten, und wie
zu einem höheren Wesen blickte er zu Praxiteles empor.

„Wie ernst er redet und wie ernst er blickt," sagte
Phryne. „Das Weib, das er dereinst seine Geliebte nennt,
wird anders sein müssen, als deine Phryne, Praxiteles,
denn er wird sie anbeten und von ihr heischen, daß sie
anbetungswürdig sei. Oder wie" — unterbrach sie sich,
als sie Myrtolaos heiß erröthen sah — „sollte der junge
Schmetterling schon die Blume gefunden haben, in deren
Kelch er sich fing? Heraus mit der Sprache, du Selbst=
verräther, hier steht Praxiteles, dein Meister, vor dem du
keine Geheimnisse haben darfst." Myrtolaos wandte sich

ab; ein unerklärliches Gefühl machte es ihm unmöglich, Hellanodikes Namen vor Phrynes Ohren zu nennen.

In diesem Augenblicke theilte sich der Vorhang, der die Werkstatt schloß, und Mnemarch trat grüßend ein. Er hatte, sobald er die Reisekleidung abgelegt, die Gewohnheiten seines athenienfischen Lebens wieder aufgenommen und erschien in ziemlich stutzerhaftem Anzuge. Die über= trieben jugendliche Tracht ließ freilich die Verwelktheit seines Gesichtes um so schärfer hervortreten.

„Laß mich deinen Fuß küssen, göttliche Phryne," sagte er, „seitdem Praxiteles ihn auf den Olymp gestellt hat, ist es ein frommes Werk."

„Da ich weiß, wie sauer dir das Bücken wird, will ich dich beim Worte nehmen," sagte lachend Phryne — „küsse mir den Fuß." Sie schob den Saum des Ge= wandes ein wenig zurück und zeigte den klaſſisch ge= formten nackten Fuß. Mnemarch beugte sich und drückte flüchtig die Lippen darauf.

„Nun, Myrtolaos," wandte er sich an diesen; „der Tag ist gekommen und Hellanodike erwartet uns; bist du bereit?"

„Was bedeutet das?" sagte Praxiteles, aufmerksam werdend, während Myrtolaos den Sprecher mit einem vorwurfsvollen Blicke traf.

„Ei, bei den Göttern," sagte leichthin Mnemarchos, „du brauchst nicht zu erröthen, Tanagräer, daß du Künstlerblut in den Adern hast, und Praxiteles wird nicht zürnen, wenn er hört, daß du sie beredet hast, dir nach Athen zu folgen, damit du ein würdiger Schüler deines Meisters werdest."

„Und mußte Myronides hiervon?" fragte Praxi= teles ernst.

„Er wird es erfahren," rief jetzt Myrtolaos; „wenn

ich vor ihn hintrete mit dem ersten Werke, das ich unter deinen Augen gefertigt, Praxiteles."

„So habt Ihr Euch ohne sein Vorwissen beredet?" sagte der Bildhauer, „Eure Liebe ist also sehr mächtig und tief?"

„Hört ihn an," rief lachend Phryne dazwischen. „Praxiteles setzt sich auf den Philosophen=Stuhl. O, du gehörst nicht dahin, aber mich, das verlange ich, sollst du abbilden als Pythia, auf dem prophetischen Dreifuß sitzend, denn ich habe recht prophezeit, als ich diesem da in das Gesicht sah." Ihr Scherz fand aber diesmal kein Echo, denn Praxiteles blieb sinnend und ernst.

„Hat sie Befreundete in Athen?" wandte er sich an Myrtolaos, „wo und bei wem wird sie wohnen?"

„Bei deinem Freunde, bei Mnemarchos," erwiderte schüchtern der Jüngling, „der ihr freundlich sein Haus zum Wohnen angeboten hat." Praxiteles zuckte unwillkürlich auf, und eine Falte legte sich zwischen seine Augen. Es schien, als wollte er etwas sagen; Mnemarch hatte sich in scheinbarer Gleichgültigkeit abgewandt und machte sich an einem Satyr zu schaffen, der seine ganze Aufmerksamkeit zu fesseln schien; Praxiteles blieb stumm. In seltsamer Er= regung ging er in der Werkstatt auf und nieder, dann trat er zu Mnemarch, und beide unterhielten sich eifrig und leise. Unter Mnemarchs eindringlichen Worten verlor sich allmählich der düstere Zug in Praxiteles' Gesicht, und endlich trat er, lächelnd wie vorher, auf Myrtolaos zu.

„Du hast deine neue Laufbahn," sagte er, „mit einem kecken Streiche begonnen; und mich soll der Zorn des Myronides nicht treffen, da ich von deinem Vorhaben nichts wußte — indessen, wenn sie aus freien Stücken dir zu folgen beschloß, so will ich nicht hindernd zwischen Euch treten; zeige nun, daß du ein Künstler bist, denn an dem

edlen Hengste liebt man, was man an dem gemeinen
Rosse bestraft."

„Gut gesprochen," rief Phryne, „und recht gehandelt,
Tanagräer! Bringe diese Spange von Phrynes Arm Hella=
nodike, deiner Geliebten, sie soll ihr ein Einlaß=Zeichen sein,
wenn sie anklopft an den Thoren, wo die Götter wohnen."

„In Athen wohnen sie," rief Myrtolaos, und beim
Anblicke des herrlichen Weibes, das eine breite Goldspange
vom Oberarm gelöst hatte und dieselbe in seine erhobenen
Hände gleiten ließ, überkam ihn ein Gefühl von Lebens=
freudigkeit, wie er es nie zuvor geahnt hatte. Wie ein
Blitz schlug es in seine Seele, und in dem heißen Feuer,
das sein ganzes Wesen bis in das Innerste durchströmte,
war es ihm, als gingen ihm jetzt erst die Augen auf für
die Werke des Meisters, dem er sich gelobt hatte.

„Gebt mir Kraft, ihr Götter," rief er, die Arme er=
hebend, „laßt diese Gluth, die mich jetzt durchlodert, stark
bleiben in mir, dann, o Praxiteles, ringe ich dereinst mit
dir selbst."

„Komm, du Schwärmer," sagte Mnemarch; und wie
im Rausche befangen ging Myrtolaos mit ihm hinaus.

Zwei Tage später setzte vor dem Hause Mnemarchs
ein Reisewagen seine Insassen ab, den Hausherrn, Myr=
tolaos und eine Dritte, die mit bangem klopfenden Herzen
die fremde Schwelle überschritt, Hellanodike.

Bittre Stunden waren es gewesen, als sie, mit dem
Bewußtsein der Täuschung im Herzen, sich wie zu harm=
losem Spaziergange ankleidete; die Thränen, die sie aus
ihren Augen fern halten mußte, hatten ihr fast das Herz
abgestoßen, als sie die Schwelle des Vaterhauses verließ
und nun, zum letztenmale vielleicht, den altgewohnten Pfad
am Berge hinabwandelte; aber ihr Herz blieb muthig in
seinem Leiden; sie hatte versprochen zu kommen und sie kam.

In dem Olivenhaine am Fuß des Stadtberges wartete, der Verabredung gemäß, der Wagen, und Mnemarch, der sie von fern hatte kommen sehen, eilte ihr entgegen. Ein Schauer überlief sie, als sie ihn gewahrte, sie lehnte schweigend die dargebotene Hand ab, und ihr pochendes Herz begann erst ruhiger zu werden, als sie Myrtolaos er= blickte, der beim Wagen geblieben war und die Pferde hielt. In ihrem langen bis zu den Füßen niederwallenden Kleid, das sich dem lieblichen Wuchse in weichen Falten anschmiegte, den Kopf mit einem flachen Hute, der das Gesicht weit beschattete, bedeckt, so kam sie langsam zwischen den Bäumen heran. Dem Jüngling war es, als sähe er sie zum erstenmale, und in der That sah er sie zum erstenmale neben einer Anderen, denn unsichtbar trat ihm Phrynes Bild neben Hellanodike. — Wie schön beide, und wie ganz verschieden.

Es war ein schweigendes Wiedersehen; denn Myrto= laos erkannte an den thränen=verschleierten Augen, daß sie noch zu tief im Kampfe begriffen war, um sprechen zu können; zudem war Vorsicht und Schweigen geboten. Mnemarch ergriff die Zügel und hastig, als gälte es, einen Raub in Sicherheit zu bringen, trieb er die Rosse zu ge= schwindestem Laufe an.

Die Fahrt ging schnell, aber stumm von Statten. Was sollte sie auch sprechen, da die rollenden Räder laut genug sagten, daß eine Meile nach der anderen sich zwischen sie und zwischen den schob, der heute Abend in Schmerzen ihrer warte, Myronides, ihren Vater.

Endlich war man in Athen, und die lärmende Menge des Volkes auf den Gassen, die Pracht der öffentlichen Ge= bäude, die Fülle nie gesehener Herrlichkeit, die sich ihren staunenden Augen überall darbot, wirkten überwältigend auf die Tochter des stillen Tanagra. Sie schmiegte sich an Myrtolaos.

„Ich ängstige mich," sagte sie leise, „ich glaubte Athen sei eine andere Stadt, als die unsere; aber es ist eine andere Welt."

Das Haus, in welches Mnemarchos seinen schönen Gast einführte, war geräumig und deutete auf den Reichthum des Besitzers. Sobald sie eingetreten waren, kam ihnen aus dem Inneren desselben ein altes Weib entgegen, welches mit schmeichelnder Geschäftigkeit Hellanodikes Hände ergriff, sie an das Herz drückte und sich eifrig nach dem Ergehen der „süßen Taube" erkundigte, wie sie Hellanodike in aufbringlicher Zärtlichkeit betitelte.

„Nun, Mutter," sagte Mnemarch laut, „ist alles besorgt, was ich befahl? hast du die Frauengemächer für unsere holde Besucherin wohl eingerichtet und geschmückt?" Bei dem Worte „Mutter" zuckte ein widriges Lächeln über die Züge des alten Gesichts, um eben so rasch vor dem drohenden Blicke Mnemarch's zu verschwinden.

„Alles besorgt," sagte sie, „so wie es dem süßen Täubchen gefallen wird; es wird ihr behagen, Mnemarchos, und sie wird sagen, daß die alte Timoessa weiß und versteht, was die süßen jungen Herzen sich wünschen." Sie kicherte, und Hellanodike entzog unwillkürlich ihre Hände den knochigen Fingern, welche dieselben wie die Krallen einer Eule umspannt hielten. War ihr Mnemarchos wenig angenehm gewesen, so erschien ihr die Mutter desselben unheimlich.

„Die Nacht bricht herein," sagte Mnemarchos, „und Hellanodike wird der Ruhe bedürfen; wir wollen sie der Sorgfalt meiner Mutter überlassen und morgen fragen, wie sie die erste Nacht in Athen verbracht hat." Mit diesen Worten wollte er Myrtolaos mit sich hinausziehen; Hellanodike aber hielt den Letzteren an der Hand fest.

„Bleibe noch," sagte sie, und ihr Blick war angstvoll auf ihn gerichtet.

„Er wird bleiben, so lange du es wünscheft," versetzte Mnemarchos, „nur bedenke, daß meine Mutter eine strenge Wächterin ist." Er winkte der Alten und verließ mit ihr den Raum.

„Habe Acht," sagte er draußen zu ihr, „daß er nicht zu lange bleibt und beobachte sie unterdessen genau; du wirst mir jedes Wort wiederholen, das sie gesprochen."

Sie rieb sich die Hände.

„Thust du doch, als wäre ich ein unerfahrenes Püpp= chen und wüßte nichts von den Winkeln und Winkelchen deines Hauses, wo Platz für ein Paar aufmerksame Ohren ist."

„Und übrigens," sagte er unwirsch, „halte dein Gesicht besser im Zaum! Du lachtest vorhin, als ich dich Mutter nannte."

„Man ist die Ehre noch nicht gewöhnt," gab sie häßlich kichernd zur Antwort.

Sobald Hellanodike sich allein mit dem Geliebten sah, verließ sie ihre lang bewahrte Kraft, und sie brach in einen Strom von Thränen aus.

„Es ist nicht gut in diesem Hause," rief sie, „und es bringt uns kein Heil, daß ich darin wohne! In den Ge= sichtern dieser Menschen, in der Luft hier um mich her ist etwas, das mir ein Grauen einflößt, vor dem ich mich nicht zu retten vermag." Sie hatte die Arme um seinen Hals geschlungen und sah ihn an wie eine Gazelle, die von Panthern verfolgt wird.

„Das ist die Angst der Neuheit," erwiderte Myrto= laos beschwichtigend, „sind diese Leute nicht freundlich und wohlwollend zu dir? Du wirst dich hier zurecht finden, Hellanodike, wie ich mich gefunden habe." Sie blickte ihm fragend in die Augen.

„Hast du dich hier zurecht gefunden, Myrtolaos?"

„Ja," rief er, und vor seiner Seele erschien Phrynes lachender Mund, „und damit du siehst, daß man dich hier freundlich erwartet, nimm dies," und er reichte ihr Phrynes goldene Armspange.

„Von wem kommt das?" fragte sie erstaunt.

„Von Phryne, der Freundin des Praxiteles." Sie legte die Spange um den Arm.

„Sie ist zu weit," sagte sie mit traurigem Lächeln, „und paßt nicht für mich."

Es war so, wie sie sagte; der Abstand zwischen den zarten Formen des jungfräulichen Mädchens und den entwickelten des vollerblühten Weibes war zu groß. —

„So bewahre sie als Geschenk," sagte Myrtolaos, „denn dazu ward sie mir gegeben." Sie hielt den goldenen Zierrath nachdenklich in den Händen.

„Die Freundin des Praxiteles?" fragte sie, „wie verstehst du das, Myrtolaos?" Er wußte keine rechte Antwort und schwieg.

„Sind sie Mann und Frau?"

„Nein," gab er kurz zur Antwort.

„Aber sie werden es künftig werden?"

„Ich weiß nicht," sagte er, „aber ich glaube nicht."
Sie sah ihn schweigend und erstaunt an.

„Die Freundinnen der Künstler," sagte er erröthend, „sind durch Geistesband mit ihren Freunden verknüpft; sie nehmen theil an ihrem Schaffen, sie begeistern ihre Gedanken und bereichern ihre Augen, welche nach Schönheit verlangen."

Sie lächelte.

3*

„Schön müssen sie also sein, die Frauen, von denen du sprichst?"

Er umfaßte ihren schlanken Leib, zog sie an sich und küßte sie.

„Und bist du nicht schön, Hellanodike?" rief er. Ihre Wange lag an der seinen und ihre Lippen waren dicht an seinem Ohre.

„Myrtolaos," flüsterte sie, und es war, als fürchte sie sich vor ihm, als sei in dem Kusse, den er auf ihre Lippen gedrückt, eine fremdartige Gluth gewesen, „ich möchte deine Freundin nicht sein." Er trat zurück.

„So möchtest du nicht, daß ich ein Künstler werde, den man rühmt in Griechenland?" Sie sah ihn mit stummem Vorwurfe an, und die ganze Gluth seiner Liebe kam über ihn.

„Nicht meine Freundin sollst du sein," stammelte er, „meine Geliebte bist du und mein Weib sollst du werden." Das alte süße kindliche Lächeln kehrte auf ihr Antlitz zurück und sie ließ es gerne geschehen, daß er sie, Abschied nehmend, noch einmal an das Herz drückte und auf die Augen küßte. Dann verließ er sie. Im nämlichen Augenblick erschien Timoessa, um sie in die für sie bestimmten Frauengemächer zu führen.

Diese lagen um einen kleinen viereckigen Hof herum, welcher zum Garten gemacht war und in dessen Mitte eine aus künstlichen Felsen hervorsprudelnde Quelle ihr gleichmäßig melodisches Geplätscher hören ließ. Ein offener, von bunt bemalten Säulen getragener Gang lief im Viereck herum und bildete den Vorflur zu den Zimmern, welche durch leichte Binsenmatten gegen den Hof, von dem sie Luft und Licht empfingen, verschlossen werden konnten. Zur warmen Jahreszeit aber, die jetzt herrschte, standen sie offen, und aus einem derselben floß ein sanft gedämpftes Licht, das von einer Ampel ausging, die von der Decke des Gemachs herniederhing. An der Schwelle dieses Zimmers stand ein junges schlankes Mädchen, das mit großen neugierigen Augen der Kommenden wartete.

„Auf, Chlenusa," rief ihr die Alte zu, „hier ist deine neue Gebieterin; pflege sie wohl, denn deine Pflicht wird es sein, daß es ihr wohlgefalle in diesem Hause. Hast du das Lager bereitet?" Das Mädchen wies stumm in das Zimmer. Beim Scheine der Ampel sah man, daß es mit allem ausgestattet war, was der Luxus damaliger Zeit zu ersinnen vermochte; in der Mitte des Raumes, mit weißen Linnen und leichten Decken bedeckt, stand das Lager bereitet.

Timoessa zog sich zurück, und Hellanodike setzte sich auf das Bett, indem sie träumerisch in den dunklen Garten hinausblickte und den süßen Duft athmete, der von dort hereinzog.

Mit heißen schwarzen Augen blickte Chlenusa, die am Thürpfosten lehnte, zu ihr hinüber.

„Soll ich dir ein Lied singen?" fragte sie, ohne ihre Stellung zu verändern; „ich weiß deren viele und schöne." Hellanodike wandte die Augen auf sie. „Oder soll ich dir in der Hand lesen?" rief sie, und mit einer jähen Geberde kniete sie zu Hellanodikes Füßen nieder. Mit leiser Hand strich diese über ihr dunkles weiches Haar.

„Verstehst du solche Kunst?" fragte sie.

„Ich verstehe es wohl; und ich werde Gutes in deiner Hand lesen und ich möchte es dir verkünden."

Hellanodike lächelte ungläubig.

„Gutes? Glaubst du das? möchtest du das?"

„Weil du so schön bist," sagte das Mädchen, dessen Augen wie schwarze Diamanten glühten; „die Schönen sind glücklich in Athen! Ihnen streut man Blumen auf den Weg und Reichthum und Ruhm; ihnen erlaubt man, was man Anderen verbietet; ihnen beugen sich die Gesetze und ihnen die Richter selbst!" Hellanodike hörte staunend zu.

„Bist du eine Athenerin?"

„Ich weiß es nicht," sagte das Mädchen und schüttelte das Gewirr ihrer Locken, daß sie dunkel über das gebräunte Antlitz herabfielen; „sie sagt es zwar, denn sie ist aus Athen und nennt sich meine Mutter — aber ich glaube ihr nicht."

„Wer? von wem sprichst du?" fragte Hellanodike.

„O still," rief Chlenusa, wie in plötzlichem Er= schrecken und drückte Hellanodikes Kniee an ihr pochendes Herz — „wie du schön bist," rief sie, „und wie ich dich liebe! O daß ich auch so schön wäre, nur halb so reizend, so schön wie du!"

„Du Sonderbare," sagte Hellanodike, welche bei dieser leidenschaftlichen seltsamen Huldigung schamhaft erröthete.

„Es giebt viele schöne Frauen in Athen," fuhr jene fort, „aber sie blicken verachtend auf die Anderen herab, und darum hasse ich sie, hasse sie!" Sie sprang empor, und ihr Gesicht war, wie ihre Worte, von Haß und Zorn erfüllt; „aber deine Augen sind so schön und so sanft," und sie kniete wieder zur Erde nieder, „du wirst die braune Chlenusa nicht verachten, schöne Gebieterin? du wirst nicht zürnen, wenn Chlenusa dir sagt, daß sie dich liebt?"

„Ich liebe Alle, die mich lieben," versetzte Hellano= dike, „und ich glaube wohl, daß du mich liebst; wir werden Freundinnen sein."

Das Mädchen sprang empor, ergriff ein in der Ecke des Gemachs stehendes Tambourin und indem sie ein jauchzendes Lied, das den Liebesgott Eros verherrlichte, zum Klange der Schellen anstimmte, begann sie vor den Augen der staunenden Hellanodike einen wilden Tanz, in welchem der geschmeidige Körper ein wunderbares Gliederspiel ent=

wickelte. Sie sprühte ein dämonisches Feuer und schüttelte die Locken wie eine Bachantin. Dann schleuderte sie das Instrument in die Ecke und kehrte in ihre vorige Stellung zurück.

„O wie ich dir dienen will," sagte sie, noch athemlos von dem Tanze, „wie ich dir zeigen will, was alles ich weiß und kann — komm, komm, laß mich lesen und dir sagen, was in deiner Hand geschrieben steht." Abermals griff sie nach Hellanodikes Hand, und diese vermochte sich dem räthselhaften Wesen nicht zu entziehen.

Chlenusa öffnete die kleine weiße Hand, die in ihren fieberglühenden Händen lag und beugte sich tief auf die Linien in deren innerer Fläche. Sie murmelte halblaut vor sich hin abgerissene hastige Worte, dann blickte sie Hellanodike von unten auf in das Gesicht.

„Wie du berühmt werden wirst vor allen Frauen deiner Vaterstadt," sagte sie mit beinah ehrfürchtigem Tone, „aber du bist nicht aus Athen?"

„Lasest du das in meiner Hand?" fragte Hellanodike. Das Mädchen senkte das Haupt; „ich sehe es aus ihr. Und wie er dich liebt," fuhr sie langsam fort.

„Wer?" rief Hellanodike plötzlich, „wer ist der, von dem du mir sagst? Wer liebt mich?"

„Nicht einer allein liebt dich; es sind ihrer viele; aber zwei stehen voran; sie ringen mit einander um dich — laß mich sehen" — und sie beugte sich tiefer, und es war Hellanodike, als zittere die Hand, die die ihrige hielt — „laß mich sehen, wer den Sieg davontragen wird —" Hellanodike entriß ihr die Hand.

„Willst du aus meiner Hand lesen," rief sie, „was in meinem Herzen geschrieben steht? Willst du mir prophezeien, was ich selbst entschied?"

Das Mädchen blieb kauernd am Boden und bedeckte das Gesicht mit den Händen.

„Zürnst du Chlenusa?" fragte sie nach einer Pause, und als sie die Hände sinken ließ, hatten ihre leidenschaftlichen Augen einen flehenden Ausdruck angenommen und schwammen in feuchtem Glanz. Hellanodike fühlte sich unter dem Banne des unerklärlichen Wesens.

„Kannst du mir die Beiden nennen?" fragte sie zögernd. Wieder ergriff Chlenusa ihre Hand.

„Ich kann ihre Namen nicht finden," sagte sie, „aber der eine ist ein Künstler — o was ist das," unterbrach sie sich plötzlich — „kennst du Praxiteles?" Hellanodike lächelte trotz des Schauers, der bei der geheimnißvollen Handlung sie überkam.

„Praxiteles? meintest du den?"

„Nein," stammelte sie, „doch ist es ein so großer Künstler, daß ich meinte, es müsse der göttliche Praxiteles sein?"

„O Myrtolaos," seufzte Hellanodike in seligem Selbstvergessen, „und er liebt mich?" flüsterte sie, indem sie die süßen Lippen tief zum Haupte der Wahrsagerin ihr zu Füßen niederbog. Chlenusa blickte nicht auf.

„Ja," sagte sie, „aber es ist Einer, der dich noch mehr liebt, als er."

„In meiner Vaterstadt lebend?" fragte Hellanodike leise, und dachte an Phayllas.

„Nein, denn Athen ist deine Vaterstadt nicht, und er lebt in Athen." Jene ward aufmerksam.

„In Athen?"

„Ja, — ich kann ihn nicht näher beschreiben, — nur eins sehe ich, du fürchtest dich jetzt vor ihm, — obschon er dir gutes sinnt; er liebt dich heiß, verzehrend; er ist dir treuer als der Andere, denn zwischen diesem und dir steht ein Weib, dessen Schönheit ihn bestrickt." — Hellanodikes Augen begannen zu funkeln. —

„Eine Andere? die er mehr lieben könnte als mich?“

„Ja,“ sagte das Mädchen, und ihre Worte wurden immer hastiger, „denn sie ist eine Zauberin, wer sie gesehen, muß in ihrer Schönheit versinken, — hast du nie von Phryne gehört?“

„Phryne? die Freundin des Praxiteles?“ schrie Hellanodike auf, indem sie an die Spange dachte, welche Myrtolaos ihr gebracht.

„Es ist so, es ist so,“ flüsterte Chlenusa, „aber der Andere denkt nur an dich, sucht und verlangt keine Andere als dich, und wenn du seine Liebe erwiderst, wirst du herrlich, glänzend und glücklich werden.“

„Geh hinweg von mir, bestochene Betrügerin, der ich zu meinem Schaden vertraute“, rief Hellanodike, zornig aufflammend. Sie riß ihre Hand aus Chlenusas Händen und hob den Fuß, als wollte sie das Mädchen hinwegstoßen; dann sank sie auf das Bett zurück und brach in Thränen aus. Plötzlich fühlte sie ihre Füße umschlungen, Chlenusas heiße Lippen drückten sich in leidenschaftlichen Küssen darauf und sie fühlte, wie die Thränen des Mädchens darauf niederfielen.

„Weine nicht,“ stammelte sie, „weine nicht, süße Gebieterin! Wenn Chlenusa dir weh gethan, wird sie es büßen; in deinen Händen steht Glück geschrieben, du wirst einst leben in Frieden und Glückseligkeit.“ Sie lag am Boden und krümmte sich, wie ein tödtlich getroffenes, schönes wildes Ther. Hellanodike winkte ihr schweigend, hinweg zu gehen; gehorsam erhob sie sich und verschwand in dem dunklen Garten.

In schmerzlichen Gedanken blieb Hellanodike zurück.

Was ihr ein dunkles Gefühl vom ersten Augenblicke gesagt hatte, war ihr durch die Worte des Mädchens zur Gewißheit geworden; denn wenn jene auch keinen Namen

genannt hatte, so wußte sie, daß Mnemarch es war, der
sie mit seiner Liebe verfolgte. Sie dachte daran, gleich
am nächsten Tage das Haus wieder zu verlassen, zum
Vater zurückzukehren, aber dort trat ihr Phayllas' ab-
stoßendes Gesicht entgegen und flößte ihr neues Entsetzen
ein; und wenn sie ging, und wenn es denkbar war, was
jene angedeutet hatte, wenn sie ihn allein ließ mit Phryne,
— sie wagte und vermochte nicht zu Ende zu denken,
denn sie fühlte etwas wie Wahnsinn bei diesem Gedanken
aufsteigen. Als sie so, das Haupt in den Händen bergend,
zurückgesunken lag, erhob sich aus dem Garten ein leiser
wehmüthiger aber unendlich lieblicher Gesang. Es konnte
niemand anders sein als Chlenusa, und das Lied, das sie
gewählt, stimmte wunderbar zu Hellanodikes trauriger
Verfassung, es war ein altes Lied des Simonides und
sein Inhalt die Klage der von ihrem Vater verstoßenen
Danae. Eine tiefe Traumseligkeit überkam Hellanodike,
indem sie der alten Weise mit geschlossenen Augen lauschte,
dann endigte der Gesang, und sie hörte, wie Chlenusa
vorsichtig in das Zimmer hineinschlüpfte. Sie behielt die
Augen geschlossen und stellte sich, kaum wußte sie selbst
weshalb, schlafend. Nun fühlte sie, wie jene ihr mit
äußerster Sorgfalt die Schuhe von den Füßen löste und
vorsichtig und sanft eine Decke über sie hinbreitete; dann
trat das Mädchen näher an sie heran, ihre Lippen
hauchten einen leisen Kuß auf ihre Stirn, und sie hörte,
wie sie flüsterte: „schlaf', du Unschuldige, die Sünde wird
dich beschützen." Mit diesen sonderbaren Worten huschte
Chlenusa hinaus und verschwand wie ein Schatten in
den Schatten des Gartens.

Kaum hatte sie die Thür hinter sich geschlossen, die aus
den Frauengemächern in die vorderen Räume des Hauses
führte, so kam ihr Timoessa mit brennender Lampe entgegen.

„Nun, du wilde Schlange," sagte sie, „hast du deine Eier in ihr Herz gelegt? Ihr seid ja lange zusammen gewesen?" In den finstern Augen des Mädchens zuckte ein unheimliches Feuer auf, dann aber schien sie sich eines Anderen zu besinnen.

„Es ist alles geschehen, was du verlangtest," sagte sie kurz.

„Hast du sie empfänglich gefunden? Zappelte das Böotische Püppchen?"

„Höre," sagte Chlenusa mit heiserer Stimme, „wenn du Fische fangen willst, so rathe ich dir, wähle einen besseren Köder."

„Wen meinst du damit?" fragte die Alte giftig.

„Nun wen, Mnemarch; hältst du sie für so einfältig, solchen Mann zu lieben?"

„Zügle deine vorwitzige Zunge," versetzte Timoessa, „vergiß nicht, daß ich jetzt seine Mutter bin." Das Mädchen brach in häßliches Lachen aus.

„Du hast Uebung darin, Mutter von Menschen zu sein, die deine Kinder nicht sind, nicht wahr?"

„Was soll das?" fragte die Alte drohend und trat auf Chlenusa zu, mit halb erhobener Hand, als ob sie zuschlagen wollte. Das Mädchen stand ihr wie eine Tigerkatze gegenüber; ihre Augen rollten in dem todtbleichen Gesicht und ihre Hände öffneten sich wie Krallen. So standen die beiden Frauen einige Minuten lautlos; dann trat die Alte brummend zurück.

„Wenn ich nicht an Wichtigeres zu denken hätte," sagte sie, „solltest du nicht ungestraft mir deine Frechheiten ins Gesicht sagen." Mit kaltem Hohne lächelte Chlenusa; sie schien an derartige Auftritte und Drohungen gewöhnt.

„Daß du uns nicht unser Spiel zerstörst," sagte Timoessa, indem sie die knochige Faust ballte, „du weißt, worauf es ankommt und was für uns zu gewinnen ist, wenn es so gelingt, wie Mnemarch es wünscht."

„Wäre es das erste mal, daß ich dir die Netze gestellt habe, in denen du dein Wild fingst?" erwiderte Chlenusa mit der Ueberlegenheit eines Verbündeten, der seine Unentbehrlichkeit für den anderen kennt.

„Schon gut; ich weiß, daß du eine listige Schlange bist," murrte die Andere, „aber Schlangen traut man nicht; hast du ihr in den Händen gelesen und so prophezeit, wie ich es dir befahl?"

„Ich hab' es dir gesagt," erwiderte das Mädchen, indem es, wie widerwillig, die schwarzen Locken schüttelte.

„Es ist eine Böotierin," fuhr Timoessa, über ihren Schlachtplan nachsinnend, fort, „hübsch genug, das ist wahr, und wenn sie eine Athenerin wäre, so müßte sie bald die Erste aller Hetären sein; aber dazu fehlt ihr der Geist; sie wird ewig zu stumpf dazu bleiben; sie hat keinen Ehrgeiz. Also bleibt nur die Angst; durch Furcht muß sie kirre gemacht werden, bis daß sie nicht mehr anders zu wollen wagt, als Mnemarchos will. Laß dir das gesagt sein," wandte sie sich wieder an Chlenusa, „und nun zu Bett und spioniere mir nicht im Hause umher." Sobald sie hinausgegangen, stürzte Chlenusa hinter ihr her bis zur geschlossenen Thür, und indem sie die geballten Hände schüttelte, spie sie auf die Stelle aus, wo Timoessa zuletzt gestanden. Der Ausdruck maßlosen Hasses verzerrte ihr Gesicht.

„Du Diebin," flüsterte sie mit bebenden Lippen, „du Kröte, willst du wieder den Saft deiner schmutzigen Seele in das Herz eines Menschen spritzen, bis du es in deinen räuberischen Fingern zusammenpressen kannst wie einen Schwamm, aus dem Goldstücke in deinen Sack träufeln? O, alle Flüche auf dich, du Verderberin meiner Seele,

die du dich meine Mutter nennst, was du nicht bist!
Nein," ächzte sie, indem sie zur Erde fiel und die Hände
flehend erhob, „laßt es nicht also sein, ihr Götter, laßt es
nicht wahr sein, was sie sagt, daß sie, dieses Weib, meine
Mutter sei!" Sie lag, wie gebrochen, am Boden, und
ihre Augen suchten unwillkürlich den Weg zu dem Gemache,
wo das schöne gefahrbedrohte Mädchen aus Tanagra lag.
Das wilde Gesicht war sanft, und Thränen flossen darüber
hin. In Timoessas kupplerischem Gewerbe zu den schnö=
desten Handlanger=Diensten gemißbraucht, war sie bisher
wie eine wilde Katze Allem nachgeschlichen, was Schönheit
und Glanz hieß, den Haß, den sie dafür erntete, hatte sie
mit Haß vergolten und ihre Seele war ganz von Neid
gegen Alles vergiftet, was sie über sich empfand. Heute
beim Anblick des schönen vertrauensvollen Wesens, das sie
wieder aus ihrer reinen Welt in den Koth hinabziehen
helfen sollte, der sie selbst umgab, erfaßte sie ein Gefühl,
das sie nicht begriff und dem sie sich doch nicht entziehen
konnte, weil es sie mit einer dunklen ungeahnten Wonne
erfüllte. Sie schüttelte, wie über sich selbst erstaunt, das
Haupt, als suchte sie nach einer Erklärung, denn sie wußte
noch nicht, daß Liebe sich nicht erklären läßt.

„Heda, Polymakron," so rief in der Werkstatt des
Praxiteles, in der sich die zahlreichen Schüler des Meisters
an der Arbeit befanden, ein schwarzlockiger, wilder Bursche
einem der Genossen zu, „was sitzest du mit lässigen Händen
da? Soll der Satyr durch Anschauen fertig werden? Da
nimm dir ein Beispiel an der Böotischen Biene; sieh' ihn
an, den Tanagräer, wie er an seiner Aphrodite herum=
schnörkelt, emsig, ohne rechts und links zu blicken, ohne
an eine Kephisias zu denken, die dir, heilloser Liebling

des Eros, nicht aus den Gedanken weicht, weil er nur an seinen Ruhm denkt, mit dem er uns Alle dereinst über-strahlen wird, uns armselige Athenienser!" Diese, auf Myrtolaos gemünzten Worte, welche mit lärmendem Ge-lächter der übrigen Genossen aufgenommen wurden, be-zeichneten die Stellung, in der er sich, seitdem er bei Praxiteles war, seinen Kameraden gegenüber befand.

„Er ist ein pfiffiger Kopf," gab Polymakron zur Antwort, „er will seinen Ruhm plötzlich und überraschend aufgehen lassen, darum hält er jetzt mit seinen Talenten so vorsichtig zurück, daß man schier glauben könnte, sie wären gar nicht da." Abermaliges Gelächter belohnte den Scherz, der auf Myrtolaos' Rechnung ging.

Schweigend ließ dieser die Spott- und Hohnwellen über sich hinrauschen. Sie würden ihn wenig gekränkt haben, denn zum größten Theile, das wußte er wohl, ver-dankten sie ihren Ursprung dem Neide seiner Genossen über die bevorzugte Stellung, die er vor ihnen bei Praxi-teles genoß; aber das war es, was jenen Worten einen bitteren Stachel verlieh, daß sein eigenes Bewußtsein auf die Seite der Spötter trat und Partei nahm gegen ihn selbst.

Mit glühendem Eifer hatte er sich an die Arbeit ge-macht, und dieser Fleiß war es, der ihm bei seinen Ge-nossen den Spitznamen der „Böotischen Biene" eingetragen hatte, der erste Anlauf, den er genommen, schien das Beste zu versprechen, denn zu seinem eigenen Erstaunen und zur gerechten Bewunderung des Meisters entwickelte er ein so angebornes Talent in der äußeren Technik, daß er mit spielender Leichtigkeit über die ersten Anfangsgründe hinweg-gekommen und zu größeren Aufgaben gelangt war, aber nun trat ein verhängnißvoller Zustand ein: seine Phantasie ging nicht gleichen Schritt mit seiner Fertigkeit, er kam über die äußerliche Nachbildung der Praxitelischen Vorbilder nicht hinweg, mit ihrem Geiste vermochte er sich nicht zu erfüllen. Immer und immer wieder trat jener Augenblick vor seine Seele, als er zum ersten Male in der Werkstatt des Praxiteles dessen Gebilden gegenübergestanden hatte, und was damals ein dumpfes unverstandenes Gefühl der Beängstigung gewesen, trat ihm mit immer schreckhafterer Klarheit entgegen, das Bewußtsein, daß sein Geist keine Verwandtschaft mit dem des Meisters besaß, daß die Wege des Letzteren nicht die seinen waren und daß in Folge dessen die Kluft zwischen ihnen breiter und immer breiter ward. So bemächtigte sich eine tiefe Verzagtheit seiner Seele, das Gefühl eines verfehlten Daseins begann seine Schatten in seiner Seele zu verbreiten, und unter dem grauen Himmel, den dieses Bewußtsein im Gemüthe des Menschen ausspannt, treibt die Schaffenskraft keine Blüthen mehr.

Dem Meister entging dieses Alles nicht, aber er hielt sich zurück, denn es giebt Zeiten, da der Mensch sich selbst berathen muß. Für Myrtolaos aber waren es Augenblicke der verzweiflungsvollsten Selbsterniedrigung, wenn er Praxiteles in unbewachten Augenblicken beobachtete, wie derselbe mit kummervollem Erstaunen die Werke dessen betrachtete, von dem er soviel erwartet hatte und so wenig empfing.

Dann geschah es, daß der Jüngling aus der Werkstatt hinausstürzte, dann verwünschte er seine Hände, die ihn durch ihre Geschicklichkeit zu dem Wahne verleitet hatten, daß sie die Instrumente eines schaffenden Geistes seien, dann schrie er in seiner Noth zu den Göttern, denen er einstmals geglaubt hatte und flehte sie um ein Zeichen an, ob er dem Berufe des Künstlers treu bleiben oder ihn mit raschem Entschlusse von sich werfen sollte. Und mitten in diesen qualvollen Kämpfen regte sich dann wieder,

mächtig wie am erſten Tage, der unauslöſchliche Drang
zum Schaffen und Bilden, und während er ſich zu ent-
ſagen bemühte, entſtanden in ſeinen Händen, beinahe unbewußt, neue Geſtalten und Figuren. Aber ſo eng in der
Auffaſſung, ſo dürftig in allen Verhältniſſen erſchienen ſie
ihm, wenn er im Vergleich damit an die mächtigen
blühenden Formen dachte, die unter Praxiteles' Händen
entſtanden, daß er ingrimmig ſeine Erzeugniſſe zertrümmerte
und zerſtampfte, um ſie nie mehr vor Augen zu ſehen.
Alle die Stimmen, die ihm in früheren Tagen zur be-
geiſterten Seele geſprochen, verlachte er mit grimmigem
Hohne, denn ſie waren es ja, die ſeiner Natur die Eigen-
ſchaften aufgeprägt hatten, die ihn unfähig machten für
die große freie Kunſt des Praxiteles; ſie hatten ihn zum
Schwärmer, zum weltabgeſchloſſenen Träumer gemacht, ſie
hatten ſein Auge blöde gemacht, ſo daß er aus der ſinnlich
rauſchenden Welt, die ihn umgab, keine Nahrung zu finden
vermochte — und darum beſchloß er nun, ein Ende zu
machen mit den Erinnerungen früherer Tage, ſeine
innerſte Natur abzuthun und alles das zu ſuchen, was er
bisher aus thörichter Scheu vermieden hatte.

Das Leben und Treiben ſeiner Genoſſen, die im zügelloſen Strom des Atheniſchen Lebens dahinſchwammen,
war ihm zuwider geweſen, von nun an beſchloß er, einer
der ihrigen zu werden, hinabzutauchen in den Strom,
mochte er ihn treiben, wohin er wollte, und wenn er
keine Kephiſias beſaß, ſo hatte er ja Hellanodike.

Als ihm dieſer Gedanke, der ſich taſtend und ſcheu
wie ein Verbrecher aus den Tiefen ſeines verdüſterten
Innern erhoben hatte, zum erſten Male deutlich wurde,
erging es Myrtolaos wie einem Menſchen, der zum erſten
Male die Wirkung eines Erdbebens verſpürt. Das Gefühl,
daß der Grund und Boden, auf dem ſich wie auf einer

unanfechtbaren Grundlage das Gebäude des menschlichen
Bewußtseins erhebt, selbst der Vernichtung anheim fallen
könne, entwurzelt den Menschen und versetzt ihn mit
lebendigen Sinnen in die Vorempfindung des Todes.
Wirre Bilder durchzuckten sein Gehirn. Er sah plötzlich
in greifbarer Lebendigkeit eine Statue vor sich von flecken=
loser Weiße: es war Hellanodike. Dann kamen zwei
Hände, die sich heiß um das schöne Gebilde herumschlangen,
wo sie gelegen, erschienen schwarze widrige Flecke, und
er sah, wie das marmorne Antlitz sich schmerzlich verzog.
Dann wieder war es ihm, als reckten sich zwei weiße
hülfesuchende Arme nach seinem Halse aus; er schüttelte
sie von sich, und während die Arme versanken, hörte er
deutlich eine klagende Stimme, die seinen Namen rief.
Auch des Myronides mildes Angesicht erschien ihm und
sah ihn mit einem Ausdrucke an, wie er ihn nie gekannt;
sein greiser Bart war zerzaust und geschändet. —

Aber der Gedanke war geboren, er blieb und wuchs,
und es kam ein Ereigniß, das ihn plötzlich und uner=
wartet zur Reife bringen sollte.

Bald nach den oben geschilderten Vorgängen erschien in
der Werkstatt des Praxiteles ein Mann, der nach Myrtolaos
aus Tanagra fragte, es war Phayllas. An dem hastigen
Auftreten des Fremden, an dem rauhen Tone seiner Stimme
und dem bleichen Gesichte bemerkten die Schüler des Praxi=
teles, daß etwas besonderes im Werke sei. Er brauchte
nicht lange zu suchen, denn Myrtolaos stand an seiner
Arbeit.

„Myrtolaos,“ sagte er, indem er ohne Gruß auf ihn
zutrat, „du weißt, warum ich komme.“ Der Jüngling sah
auf; ein finsterer Trotz lagerte sich auf seinem Gesicht;
er schwieg.

„Du willst mir nicht Rede stehen,“ fuhr der Andere

fort; „aber du follſt; im Namen des Myronides, du ſollſt mir ſagen, wo ſie iſt, wo du ſie verbirgſt."

Ein allgemeines „Hoho" erhob ſich bei dieſen Worten unter den Kunſtſchülern; die Köpfe wurden zuſammen= geſteckt, man lachte, man freute ſich, daß man der Böo= tiſchen Biene hinter ihr Geheimniß gekommen war.

„Ich weiß, daß ſie dir nachgelaufen iſt," rief Phayllas, durch des Andern Schweigen zur Wuth gereizt, „und ich ſage dir, ich gehe nicht ohne ſie zurück! Räuber und Ent= führer, wo haſt du Hellanodike? Gieb ſie mir heraus!" Er hatte Myrtolaos an der Schulter gepackt und ſchüttelte ihn. Mit einem plötzlichen Ruck richtete dieſer ſich auf, warf die Hand des Gegners von ſeiner Schulter und indem er ihm mit flammenden Augen in das blaſſe Geſicht blickte, rief er:

„Nie ſollſt du Hellanodike zurückhaben, nie!"

In ſeiner ſchlanken Schönheit ſtand er da, jung und herrlich, wie ein zürnender Apoll.

Unberechenbar wie Menſchen es ſind, doppelt un= berechenbar, wie Athenienſer damaliger Zeiten, ſchlug plötzlich die Stimmung der Kunſtgenoſſen zu Gunſten des ſchönen Tanagräers um.

„Seht ihn an," rief der ſchwarze Lyſias, „bei den Göttern ſeht den Tanagräer an, welch ein herrliches Ge= wächs er iſt! Bleib ſo ſtehen, Preis meiner Augen, und ich mache einen Dioskuren aus dir, der dich und mich unſterblich machen ſoll."

„Brav, Myrtolaos," rief Polymakron, „laß dir dein Mädchen nicht nehmen, wir ſtehen dir bei für Hellanodike." Ein wildes jauchzendes Gelärm war die zuſtimmende Antwort der Uebrigen.

„Ihr Jünglinge von Athen," wandte ſich Phayllas, bleich und zitternd vor Aufregung an die Schüler, „Ihr

würdet nicht also sprechen, wenn Ihr wüßtet, was er gethan; wenn ich Euch sage, daß er seinem Pflegevater, der
ihn Jahre lang an seinem Tische essen, in seinem Hause
wohnen ließ, das einzige geliebte Kind raubte —"

„Wer sagt dir, daß ich das gethan? wer giebt dir
das Recht, mich zu verläumden," rief mit donnernder
Stimme Myrtolaos. „Nicht geraubt habe ich sie, freiwillig
ist sie mir gefolgt, um dir zu entfliehen, dir, den sie haßt."

„Sie zeigt Geschmack und ich muß sie loben," schrie
Lysias dazwischen, „wenn sie ihn dir vorzieht, du eifer-
süchtiger Liebhaber."

„Glaubt Ihr, ich werde es mitansehen," sagte Phayllas,
der statt des einen plötzlich so viele Feinde sich gegenüber
sah, „daß er das Mädchen, die ich zu meinem Weibe zu
machen gedachte, zu seiner Buhlerin erniedrigt?"

„Wer sagt dir das?" rief Myrtolaos, und ballte die
Faust gegen sein Gesicht.

„Das weiß ich," schrie ihm Phayllas zurück, „denn
ich kenne dich und weiß, daß du ein Bethörer und Ver-
führer der Herzen bist." Der lang gehegte Neid brach
wie ein Dolch, der endlich das ersehnte Ziel findet, schnei-
dend aus seinen Worten hervor.

„Hört mich," wandte er sich noch einmal an die
Schüler des Praxiteles, „Ihr hört die Stimme der Ge-
rechtigkeit: führt mich zu Praxiteles, er ist ein rechtlich
denkender Mann, er wird mir sagen, wo ich das bethörte
Mädchen finde."

„Praxiteles?" rief höhnend der schwarze Lysias;
„glaubst du, er hätte Zeit, sich um unsere Geliebten zu
kümmern? Mach' daß du heim kommst, rathe ich dir,
Böotier, und vergiß nicht, daß hier Athen ist und daß
du ein Fremder in Athen. Praxiteles ist über Land."

„Wenn Ihr dem Fremden sein Recht verweigern

4*

wollt, so bedenkt," sagte Phayllas, „daß auch dieser hier und daß auch jenes Mädchen Fremde in Athen sind, es ist ein Streit zwischen Fremden."

„Fehlgeschossen, Böotier," höhnte Polymakron, „er ist ein Schüler des Praxiteles, und wer sich einen solchen nennen darf, der ist Athener geworden."

„Er ist Athener," schrie der ganze Chor, „Myrtolaos ist ein Athener."

„Und die Schüler des Praxiteles stehen Einer für den Andern, das merke dir," sagte ein starkgliedriger Geselle, der drohend aus der Schaar der Uebrigen auf Phayllas zutrat.

„Und Alles mag man ihnen nehmen," rief ein Anderer, „nur ihre Mädchen nicht."

„Nein, bei den Göttern, wer mir an meine Kephisias rühren wollte —" lachte Polymakron.

„Und kurz und gut," entschied Lysias, „Hellanodike ist sein, und also bleibt's."

Ein jauchzendes Hohngeschrei übertäubte die Worte des Phayllas. Thränen der ohnmächtigen Wuth flossen ihm über das Gesicht, denn er sah keine Aussicht, zum Ziele zu gelangen.

Er schüttelte die Faust gegen Myrtolaos.

„Nun denn," rief er, „wenn es wahr ist, daß jene Dirne so tief gesunken ist, daß sie dir aus freien Stücken gefolgt ist, so geh' zu ihr und bringe ihr den Fluch ihres greisen Vaters, den sie zum Gespött seiner Stadt gemacht und den sie in Kummer und Verzweiflung gestürzt hat um deinetwillen, du Lotterbube."

„Höre nicht auf diesen krächzenden Raben," schrie der schwarze Lysias, „und hinaus mit dir, du neidischer meckernder Ziegenbock!"

„Hinaus mit ihm" — der ganze wilde Schwarm war plötzlich über Phayllas her, „hinaus und zurück mit ihm nach Böotien, wo er Disteln fressen kann, der schreiende Esel!"

Kräftige Fäuste griffen von allen Seiten zu, einen Augenblick später befand sich Phayllas außerhalb der Werkstatt, drehte sich wie ein Kreisel um sich selbst und schlug der Länge nach in den Staub der Straße hin. In der Thür stand Lysias und drohte hinter ihm her: „Wenn wir dich hier länger umherschleichen sehen, oder wenn du es versuchen solltest, hinter unserem Rücken zu Praxiteles zu gelangen, dann sieh dich nach einem anderen Schädel um, denn den, den du jetzt auf den Schultern trägst, bringst du dann nicht heil nach Hause zurück." Phayllas erhob sich, klopfte seine Kleider ab und ging, ohne zurückzublicken, lautlos davon wie eine böse Spinne.

Myrtolaos war mit einem Schlage der Held des Tages geworden. Er, den man für einen Kopfhänger gehalten, hatte ein Abenteuer aufzuweisen, wie keiner seiner Genossen, das machte Eindruck; und während die Anderen nicht laut genug mit ihren Geliebten prahlen konnten, hatte er sein Besitzthum mit vornehmer Ruhe geheim ge= halten, — das riß hin.

Und wie er seinen Genossen plötzlich als ein Anderer erschien, so hatte sich auch seine Empfindung ihnen gegen= über gewandelt, seitdem er sie so thatkräftig für seine Wünsche hatte eintreten sehen. Er war ein Gleicher unter Gleichen und das Kraftgefühl, welches das Bewußtsein der Zusammengehörigkeit mit Gleichgestimmten verleiht, kam zum ersten male mit voller Gewalt über ihn. Ein unbestimmter Drang erfaßte ihn, seinem wachsenden Herzen Luft zu machen, er sprang auf seinen Arbeitsschemel und „Evoe Hellanodike," schrie er wild jauchzend in den Saal hinein.

„Evoe Myrtolaos und Hellanodike," scholl es lachend und jauchzend zurück.

„Heute nichts mehr von Arbeit," sagte Polymakron, indem er den Meißel in die Ecke warf, „in der Schenke draußen am Ilissos ist junger Wein aus Thasos angekommen, ein Schwarm von Krammetsvögeln ist heute Morgen dem Phaedimos, dem trefflichen Wirth in's Garn gegangen, kommt, laßt uns hinausziehen, unseren Sieg durch ein Gastmahl zu feiern."

Der Gedanke fand rauschenden Beifall; das Arbeitszeug ward abgethan, und bald darauf zog die ganze Schaar auf dem Wege zum Stadtthore dahin, der außerhalb der Mauern belegenen Schenke zu.

Unterwegs machte Polymakron Halt.

„Brüder," sagte er, „sollen wir wie Skythen oder Paphlagonier ohne die Würze schöner Weiber tafeln? Ich hole Kephisias ab, thue ein Jeder desgleichen, und Myrtolaos mache uns mit seiner Hellanodike bekannt."

Dieser Vorschlag leuchtete um so mehr ein, als selbstredend nach den heutigen Vorgängen Alle gespannt waren, Hellanodike von Angesicht kennen zu lernen. Myrtolaos schien einen Augenblick zu überlegen; allein es gab keine Möglichkeit, dem Wunsche seiner Kameraden, die gewissermaßen ein Recht an seiner Geliebten erworben hatten, auszuweichen, und außerdem befand er sich in einem Zustande innerer glücklicher Berauschtheit, der kein Bedenken aufkommen ließ.

„Geht voran," rief er, „wir werden Euch finden," und er machte sich nach dem Hause des Mnemarchos auf, welches unweit des Fußes der Akropolis lag.

Er traf es günstig; Mnemarch, der ihm die letzte Zeit, so oft er Hellanodike zu besuchen kam, ein wenig freundliches Gesicht gezeigt hatte, war nicht zu Hause.

Hellanodike hatte sich soeben im Bade erquickt, und so reizend und schön war sie ihm noch nie erschienen als jetzt, da sie, fröhlich bei seinem Eintritt in den Gartenhof aufjauchzend, auf ihn zu und in seine Arme flog.

Er drückte sie an sich und küßte die letzten Wasserperlen, die wie Thautropfen an ihren braunen Locken hingen, hinweg; und indem er daran dachte, daß dieses entzückende Geschöpf, von Vater und Vaterstadt geschieden, nun ganz und ausschließlich nur sein noch war, fühlte er sein Herz von namenloser Wonne schwellen.

„Hellanodike," sagte er, „meine Schöne, Geliebte, nun endlich habe ich dich mir ganz erobert; weißt du, wer heute bei mir war?" Sie sah ihn fragend an. „Phayllas, der von mir verlangte, daß ich dich ihm zurückgeben sollte."

„Phayllas?" erwiderte sie erschrocken, „was hast du ihm zur Antwort gegeben?"

„Kannst du danach fragen? daß er dich nie haben sollte, habe ich ihm gesagt, nie! Oder hätte ich ihm etwas anderes sagen sollen?" fuhr er fort, da er sah, wie ihr Auge plötzlich von stummen Thränen überfloß.

„Nein," sagte sie leise, indem sie sich enger an ihn schmiegte, „nein, aber du weißt — mein Vater —" und ihre Thränen flossen reichlicher.

„Weine nicht," sagte er zärtlich, „es mußte kommen, wie es gekommen ist; deinem Vater, das weißt du, will ich dich nicht rauben, aber daß wir von dem Verhaßten befreit sind, darüber wollen wir uns freuen."

„Und er weiß nicht, wo ich mich befinde?" fragte sie schüchtern.

„Er weiß es nicht und wird es niemals erfahren," sagte er zuversichtlich; „und nun komm, sieh dort —" und er zeigte über die Mauer des Gartens hinweg zur Akropolis hinüber, wo die goldene Lanzenspitze der Athene

Promachos flimmernd emporragte, „sieh, wie sie empor=
weist zum warmen strahlenden Himmel, als wollte sie
sagen: seht ihn an und genießt; die Welt liegt offen vor
uns, ein weiter, herrlicher Tummelplatz für unsere Liebe,
komm, wir wollen wie ein Paar glücklicher verliebter
Tauben durch sie hinflattern, ich werde sie dir zeigen, und
du sollst jauchzen, wenn du erkennst, wie schön das Leben
mundet, wenn man es in Athen genießen kann."

Die Freude machte ihn beredt und der Abglanz der=
selben strahlte von seinem Gesichte auf Hellanodike hinüber.

„O du treuloser geliebter Myrtolaos," rief sie mit
reizendem Lächeln, „so hast du Tanagra schon über Athen
vergessen? Wer weiß, du bringst es fertig und schwatzest
mir mit deinen süßen Worten die eigene Vaterstadt aus
der Seele?" Sie gingen mit verschlungenen Armen um
den Hof herum, als Chlenusa hastig eintrat. Sie warf einen
scharfen prüfenden Blick auf Myrtolaos, dann sagte sie kurz:

„Timoessa kommt."

Im nämlichen Augenblicke trat die Alte ein und
näherte sich den Beiden mit kriechender Artigkeit.

„Besuch gekommen, wie ich sehe? Der schöne Schüler
des Praxiteles wieder einmal hier? Das ist recht, unser
Täubchen lebt einsam, denn mein Sohn hält auf ein ehr=
sames Haus. Nun, wie geht es dem göttlichen Meister
Praxiteles und Phryne, seiner angebeteten Freundin?"

Mit Genugthuung bemerkte sie, daß Myrtolaos er=
röthete und daß ein Schatten über Hellanodikes Antlitz flog.

„Gute Mutter," unterbrach sie Myrtolaos, „ich komme,
dir deinen Schützling zu rauben, und ihr Athen ein wenig
zu zeigen."

„Das ist recht," sagte Timoessa aufmerksam werdend,
„was habt ihr vor? wo wollt ihr hin?"

„Bei Phaedimos draußen am Ilissos haben wir ein

kleines Fest bereitet, du wirst nichts dawider haben, und
Mnemarch, dein Sohn, hoffentlich auch nicht, daß ich
Hellanodike zu dem Feste einlade?"

Um die gekniffenen Winkel des zahnlosen Mundes
spielte ein augenblickliches grinsendes Lächeln.

„Zu Phaedimos am Iliffos? Ah — ich weiß nichts
von ihm, aber ich hörte ihn manchmal rühmen; Ihr werdet
Euch einen luftigen Tag machen, Ihr Söhne des Praxiteles?
he? Nun, Hellanodike ist frei, frei wie der Vogel, der
hinfliegen kann, wohin es ihm beliebt; geh' mit ihm, mein
Täubchen, sei fröhlich und guter Dinge, das Leben ist
kurz und man muß hinter den guten Stunden her sein;
ich werde meinem Sohn Bescheid geben und er wird sich
freuen, wenn er hört, daß unser Täubchen sich in guter
Gesellschaft einen guten Tag macht."

Sie schien ganz entzückt, und nur die ungeduldige
Geberde des Jünglings verhinderte, daß sie ihrer Schwatz=
haftigkeit noch einmal freien Lauf ließ.

„Ihr habt es eilig," sagte sie mit unterwürfiger Ge=
berde, „und ich will nicht aufhalten." Damit verschwand
sie und ließ die Beiden in Verwunderung zurück.

„Nach dem Iliffos willst du mich führen?" rief Hella=
nodike, fröhlich wie ein Kind; „komm, ich mache mich
fertig." Sie verschwand in ihrem Gemache und kam gleich
darauf, im langen Oberkleide, das zierlich bis zu den
Füßen niederfloß, und den runden flachen Hut auf dem
Haupte, zu ihm zurück.

„Ich werde mich vor den Athenern schämen müssen,"
sagte sie, „wenn ich mich mit meinem Tanagräischen Hute
vor ihnen zeige."

Statt aller Antwort schlang er den Arm um sie, führte
sie an den Rand des Wasserbeckens und zeigte ihr auf
dem dunklen Spiegel desselben ihr Abbild.

„Glaubst du, daß diejenige, die so aussieht, sich vor einem Menschen auf der Welt schämen müßte?" Sie betrachtete vergnügt ihr liebliches Konterfrei; dabei erschien auch sein Antlitz im Wasser, sie winkte ihm zu, er nickte zurück, sie fielen sich in die Arme und waren zwei glücklich lachende Kinder.

Chlennsa hatte sich unterdessen, scheinbar ohne auf das, was gesprochen und gethan ward, zu achten, mit ihrem Spinnknäuel beschäftigt. Als jetzt Myrtolaos mit Hellanodike den Garten verlassen wollte, trat sie plötzlich, indem sie ihren Knäuel fortwarf, auf beide zu.

„Ich habe dich etwas zu bitten," sagte sie zu Hellanodike. Diese blickte sie erstaunt an.

„Ich bitte dich," und sie stockte ein wenig, „geh' nicht zu Phaedimos an den Ilissos."

„Warum soll sie nicht?" rief Myrtolaos.

„Weil —" und sie blickte ihm scharf und starr in die Augen, „weil schlechte Leute dorthin kommen."

„Was für Leute meinst du?" fuhr der Jüngling auf.

„Es ist besser, wenn du danach nicht fragst; aber glaube mir, daß es Leute sind, in deren Mitte sie nicht gehört, glaube mir, daß ich es weiß, denn ich bin manchesmal und öfter wohl als du in der Schenke am Ilissos gewesen."

„Dann freilich," sagte er ärgerlich, „mag die Gesellschaft schlecht genug gewesen sein;" und er blickte wegwerfend auf das braune Mädchen herab. Eine düstre Röthe überflammte ihr Gesicht.

„Du thust Unrecht, mich zu kränken," sagte sie, die blitzenden Augen auf ihn gerichtet, „da ich dir zu deinem Besten rathe, denn ihr Bestes" — und sie wies mit dem Haupte nach Hellanodike hin — „ist doch auch das Deinige, nicht wahr?" Sie sprach das letzte langsam mit seltsam abwägendem Tone. Unwillkürlich erröthete er.

„Haft du nicht gehört, was Timoeſſa geſagt hat? wird ſie Phaedimos weniger kennen als du?" Das Mädchen brach in ein rauhes Lachen aus.

„Timoeſſa," rief ſie, „Timoeſſa! ah —" ſie ſchüttelte ungeduldig das Haupt und ſah ihn an, wie man jemanden anblickt, von dem man nicht weiß, ob er nicht verſtehen kann, oder nicht verſtehen will.

„Komm fort," ſagte Myrtolaos ungeduldig, „ich weiß nicht, was dieſes Mädchen will." Er wollte mit Hella= nodike an ihr vorübergehen, Chlenuſa aber vertrat ihnen zur Thür den Weg.

„Höre mich," ſagte ſie, und ihre Stimme klang gellend vor innerer Erregung, während ſie, wie um Hellanodike feſtzuhalten, beide Ellenbogen der letzteren mit ihren Händen berührte, „gehe nicht an den Iliſſos, denn wenn du gehſt —" ſie verſtummte, es war, als würgte ihr das Wort den Hals.

„Nun was endlich, wenn ſie geht?" rief Myrtolaos, während Hellanodike ſprachlos auf das leidenſchaftliche Mädchen blickte; „was, wenn ſie geht? ſprich deutlich endlich!"

Mit einem Sprunge war Chlenuſa an der Ausgangs= thür, beugte lauſchend den Kopf, dann legte ſie den Finger auf den Mund, und den Saum an Hellanodikes Kleid erfaſſend, zog ſie dieſelbe und Myrtolaos mit ihr haſtig bis in den fernſten Theil des Hofes. Ihre Bruſt arbeitete wie im Krampfe, ihre Augen ſuchten angſtvoll umher.

„Verloren iſt ſie," flüſterte ſie mit heiſerer Stimme, „preisgegeben ohne Hülfe und Rettung, und ich will es nicht, will es nicht." Sie fiel zu Hellanodikes Füßen nieder und verbarg ihr Geſicht, das jetzt in Thränen ge= badet war, in den Falten ihres Kleides.

„Warum verloren? preisgegeben wem?" fragte Myr=
tolaos rauh.

„Preisgegeben dem Herrn dieses Hauses," erwiderte
sie, die Augen auf die Ausgangsthür gerichtet, als fürchtete
sie jeden Augenblick, daß dort jemand hereintreten und
sie bei ihrem schrecklichen Geheimniß überraschen würde.

„Mnemarchos," schrie Hellanodike entsetzt auf.

„O bei den Göttern, sprich leise," flehte sie, „ja
Mnemarch: höre mich, du mußt es nun erfahren: jenes
Weib, Timoessa, ist nicht seine Mutter; wie ein Wolf
schleicht er um dich her; seine unreinen Gedanken haben
den Weg schon tausendmal gemacht, den er selbst noch
nicht gemacht hat, weil er sich scheut vor dem keuschen
Weibe und dem Urtheil des Volkes, das ihn strafen würde
für eine Gewaltthat an dem unbefleckten Weibe." —

„Welchen Weg meinst du?" fragte Hellanodike zitternd.
Chlenusa sprang auf und flüsterte ihr ein Wort ins Ohr;
eine tödtliche Bläsfe lagerte sich auf Hellanodikes Antlitz;
sie zitterte und wankte.

„Was hat sie dir gesagt?" rief Myrtolaos, sie in
seinen Armen haltend.

„O still," flüsterte sie, „still, es ist zu schrecklich, es
zu sagen."

„Noch hat er es nicht gewagt," fuhr Chlenusa leiden=
schaftlich eindringlich fort, „aber wenn du zu Phaedimos
hinausgehst, wird er es wagen. Wisse, die Schenke am
Jlissos ist bekannt in ganz Athen; Hetären sind es, die
dort verkehren."

„Hetären?" — und Hellanodike trat schaudernd zurück.

„Ja, ja, Hetären; und wenn er erfährt, daß du unter
ihnen gewesen bist, dann braucht er sich vor Niemandem
länger zu scheuen, dann wird er dich behandeln wie eine
Hetäre und dann — dann —"

„Es ist genug, schweig," unterbrach sie Myrtolaos. Er ging im Hofe auf und nieder; ein dunkler Sturm wühlte in seinem Herzen; dann trat er auf Chlenusa zu:

„Weißt du, was ich nun thun werde," sagte er mit verschränkten Armen, „alles, was du uns gesagt hast, werde ich Mnemarch wiederholen." Sie sah ihm starr, mit einem seltsamen kalten Lächeln in's Gesicht.

„Du willst es Mnemarchos wiederholen?"

„Das will ich; und was meinst du, wird die Folge sein?"

„Ich will es dir sagen," erwiderte sie tonlos; „dann werden sie mich peitschen."

„Sehr möglich," sagte er.

„Und vielleicht," fuhr sie fort, „werden sie es so lange thun, bis ich davon sterbe."

„Und gewiß wirst du es verdient haben," sagte er zornig. Ein rauher abgebrochener Schrei entwand sich ihrem Busen; sie schüttelte die schwarzen Locken um das braune Gesicht.

„Du Thor," rief sie, „denn ich glaube noch, daß du nur thöricht bist, nicht schlecht, und dann wird Niemand mehr sein, um sie zu schützen, die dich liebt und die du preis giebst, wie ein Elender! Niemand, Niemand!" Sie schlug die Hände vor das Gesicht und brach in ein furcht= bares Weinen aus.

Es entstand eine schweigende ängstliche Pause.

Dann knüpfte Hellanodike langsam den Hut vom Haupte und trat zu Chlenusa.

„Weine nicht," sagte sie, und ihre weiße Hand legte sich sanft auf das dunkle wirre Haar, „ich werde nicht zu Phaedimos gehen; und er wird nichts zu Mnemarch sagen; geh jetzt hinaus."

„Du willst nicht?" sagte Myrtolaos, nachdem Chlenusa gegangen. Sie senkte das Haupt.

„Ich glaube, es ist besser, wenn ich nicht gehe." Sein Gesicht verdüsterte sich; er biß sich stumm auf die Lippen.

„Myrtolaos," sagte sie, indem sie die Hände auf seine Schultern legte und ihm in die Augen blickte, „könntest du es noch wollen?"

„Warum öffnest du Herz und Ohren den Phantastereien jenes tollen Mädchens?" sagte er unwirsch.

„Aber wenn es denkbar wäre, daß sie die Wahrheit gesprochen? wenn wirklich — solche Frauen —" ihr keusches Gesicht erglühte und sie vermochte das Wort nicht aus=zusprechen.

„Es sind keine Hetären," rief er, „es sind Freundinnen der Künstler; mögen die Menschen, die es nicht verstehen, falsch von ihnen denken, ich habe dir gesagt, in welchem Verhältniß sie zu einander stehen." Sie beugte das Antlitz und ihre Brust rang in stummem Kampfe. Er trat dicht an sie heran und faßte sie an beiden Händen.

„Hellanodike," sagte er, „wer die Kunst des Praxi=teles lernen will, muß sich hinauswagen in das Meer des Lebens und darf sich nicht fürchten, wenn die Ufer ihm auf Augenblicke entschwinden. Sieh die Werke dieses Mannes an, sie haben nur ein Gesetz und eine Grenze: die, welche die Natur ihnen vorschreibt. Aber den engen Geist, der vor ihnen erschrickt, verlachen sie, denn sie sind wie die Natur, die sich in sich selbst bespiegelt und nicht fragt, ob wir sie mit reinen oder unreinen Augen betrachten. Hellanodike," und in seinen dunklen Augen flackerte ein verzehrendes Feuer empor, „ich kann nicht hinauf gelangen in den Olympischen Aether dieser Kunst, wenn ich nicht, gleich den Anderen, trinken darf aus dem Quell des Lebens, nach dem mich verlangt. Mich durstet danach, denn ich sehe ihn vor mir, athme seinen Duft, aber wenn ich mich hinabbeugen will, entflieht er vor meinen brennenden

Lippen." Er hatte den Arm um sie geschlungen und fühlte, wie ihr zarter Leib an seinem Herzen bebte.

„Ach," stammelte sie, „daß ich dich verstände."

Er ließ den Arm sinken und trat einen Schritt zurück.

„Du verstehst mich nicht?" sagte er, „fühlst nicht, daß ich nicht länger so leben kann, immer von dir getrennt, nur auf Augenblicke bei dir? daß du ganz bei mir, mit mir sein mußt, weil ich deiner bedarf, wie der Lebensluft, von der ich mich nicht auf Secunden trennen darf, wenn ich leben soll?"

Sie hob die großen hülfesuchenden Augen zum Himmel und rang die Hände in einander.

„Daß ich in Athen geboren und in seiner Luft er= wachsen wäre," sagte sie, „oder daß du mich nie in Ta= nagra gesehen und gekannt hättest, es wäre besser für dich und mich!"

„Nein," sagte er, „denn nur von deinem Willen hängt es ab, ob es uns Glück bringen soll."

„Habe Erbarmen mit mir," rief sie, „ich wollte Alles, was du verlangst, aber ich kann es nicht, Myrtolaos, ich kann es nicht!"

Ihre Brust hob und senkte sich wie im Krampfe, und man sah, daß sie an einer Grenze stand, über welche auch die Liebe nicht hinwegträgt, an den Schranken angeborener Natur.

Er wandte sich schweigend zum Gehen.

„Myrtolaos!" schrie sie in schneidendem Jammer.

Er blieb stehen, sie stürzte auf ihn zu und fiel ihm um den Hals.

„Du gehst," schluchzte sie, „wann wirst du wieder= kommen?" Betroffen schaute er sie an.

„Ich sehe dein Herz," sagte sie verzweiflungsvoll, „wie es sich abwendet von der, die dich nicht verstehen kann, ich weiß, daß du aufhören wirst mich zu lieben, um bei

den Athenerinnen zu finden, was sie dir nicht zu geben
vermochte, und was bleibt dann für die, die dir aus Tanagra
folgte, weil sie an dich glaubte, den sie geliebt?"

Von Schmerz überwältigt hing sie in seinem Arme,
kraftlos wie eine Blume, die der Gewitterregen zur Erde
beugte. Er blickte auf sie herab und sah die Fülle von
Liebreiz, die in seinem Arme ruhte, reich wie ihn keine
Phryne zu bieten vermochte. Aber Thränen — die Götter=
werke des Praxiteles weinten nicht, und Kummer und Jammer
waren die Vorbilder nicht, an denen sie gereift waren.

„Weine nicht," sagte er, und doch hatte er ein Gefühl
als stände ihm kein Recht zu, diesen Thränen Einhalt zu
gebieten; „die Götter mögen uns einen Weg zeigen in
diesen Wirrnissen und Qualen."

Er löste ihre Arme von seinem Nacken und ging.

Am Rande des Wassers, an der Stelle, wo sich ihr
Spiegelbild mit dem seinigen begrüßt hatte, saß Hellanodike
nieder, und das theilnahmlose Element trank ihre Thränen
so ruhig, wie es ihr Lächeln wiedergegeben hatte.

Mit dumpfem Herzen und wild entflammten Sinnen
begab sich Myrtolaos zur Schenke am Ilissos.

Ein finstrer Groll gegen Hellanodike stieg in seiner
Seele empor, denn er begann sie wie eine Last zu empfinden,
die seine Phantasie in Fesseln schlug. Er dachte an ihre
Thränen; aber sie rührten sein Herz nicht mehr, da sie
ihm nur wie der Ausdruck der Angst erschienen, welche
kalte Seelen vor der nahenden Liebe empfinden; er fühlte
sich getrennt von ihr, die Böotierin bleiben und nicht
Athenerin werden wollte, und er gedachte ihrer Worte,
daß er bei Athenerinnen Ersatz suchen würde. Er stampfte
mit dem Fuß auf:

„Deine Prophezeiung," murmelte er vor sich hin,
„kann in Erfüllung gehen."

Bei Phaedimos war das Fest bereits in vollstem Gange, und er sah sich sofort in den wilden Strudel hineingerissen. Die erste Frage war natürlich, warum er Hellanodike nicht mitgebracht habe.

„Sie ist krank," gab er kurz zur Antwort.

„Krank?" rief ein üppiges Weib, das sich neben ihn setzte und ohne Umstände den Arm um seinen Nacken schlang. „Ich will dich trösten, du einsamer Knabe," und auf seinen Lippen, die noch den Druck des süßen Mundes empfanden, der sie vorhin berührt hatte, brannten die glühenden Küsse der Hetäre. Die Schönheit des Jünglings zog Augen und Sinne der Weiber so unwiderstehlich an, daß er sich bald von einem Schwarme derselben umgeben sah und sich ihrer Liebkosungen schier gewaltsam erwehren mußte.

Ein Becher Thasischen Weines ward vor ihn hinge= schoben; er stürzte ihn hinunter, um einen zweiten und dritten folgen zu lassen, und in der süßen heißen Fluth gingen die finstren quälenden Zweifel unter, die ihn auf dem Wege herbegleitet hatten.

Er fuhr plötzlich wie aus einem Traume empor, und indem er mit der Faust auf den Tisch schlug, rief er:

„Bei den Göttern, dies ist Athen!" Ein Gelächter erhob sich unter den Anwesenden.

„Hast du daran gezweifelt, schöner Tanagräer?" sagte die schwarzäugige Kephisias, indem sie sich auf seine Schulter lehnte und ihm mit lachenden Augen ins Gesicht sah.

„Bevor ich dich gesehen hatte, ja," versetzte er; „aber von nun an siehst du, zweifle ich nicht länger." Er umfing den üppigen Nacken des Weibes und bedeckte ihre Wangen und Augen mit Küssen, bis daß Poly= makron, der am anderen Ende des Tisches saß, ihn mit einem „Halloh" unterbrach.

„Laß gut sein," beschwichtigte ihn Lysias, „du wirst

dich an seiner Hellanodike schablos halten." Ein wieherndes
Gelächter erschallte, und Myrtolaos lachte am lautesten mit.

Man tafelte und zechte in geschlossenem Raume und all=
mählich verbreitete sich eine schwüle Hitze. Myrtolaos, des
Trinkens weniger gewöhnt als seine Kameraden, ging hinaus,
um an den Ufern des Ilissos einige Kühlung zu suchen.
Es war später Nachmittag geworden, und als er jetzt
etwa hundert Schritte am Bache hinaufgegangen war und
über denselben hinsah, stand er plötzlich, wie angewurzelt
von einem wunderbaren Bilde, das sich vor ihm entfaltete.

Grade vor ihm lag die Akropolis, und hinter ihren
Zinnen tauchte die Sonne in das Eleusische Meer hinab.

Mit einer Purpurgluth war der Himmel bedeckt, daß
es aussah, als loderte eine verbrennende Welt zu ihm
empor, und aus dem leuchtenden Hintergrunde trat markig
und gewaltig der mächtige Felsen hervor, der die Heilig=
thümer Athens trug.

Er stand und schaute, keiner Bewegung fähig — da
schlug der tobende Lärm aus der Schänke des Phaedimos
an sein Ohr, und er floh den Bach weiter hinauf, denn
unerträglich erschienen ihm diese Laute im Angesicht des
feierlichen Schauspiels.

Endlich blieb er stehen; lautlose Stille war um ihn
her, und in schweigender Majestät erhoben sich drüben die
Säulen des Parthenon, des Erechtheus=Tempels und die
ragende Gestalt der Pallas Athene. Und als er diese Säulen,
Giebel und Bildwerke anschaute, die wie ein marmornes
Gewebe sich auf dem goldigen Grunde abzeichneten, und
die emporstrebten in den unermeßlichen Abendhimmel, ein
verkörpertes Bild des Menschengeistes, der in die Geheim=
nisse der Ewigkeit zu tauchen begehrt, da überkam es ihn
wie eine Offenbarung; die alten sehnsüchtigen Träume
wachten wieder auf, die er vor Zeiten als Knabe in den

Lokrischen Bergen geträumt, es war ihm, als erhöbe sich
vom fernen Meere herüber eine brausende Stimme, die ihm
zurief: „Dies ist das Athen, nach dem du mit ahnender
Seele verlangtest;" und indem er der Worte gedachte, die
er vorhin in der weindunsterfüllten Schenke des Phaedimos
gesprochen, sank er in die Kniee und schlug die Hände vor
das Gesicht, als wollte er den Myrtolaos von jetzt vor
dem Myrtolaos der einstigen Zeiten verbergen.

Der Morgen des nächsten Tages war angebrochen,
als er nach langer ungestümer Wanderung nach Haus kam.
Bis zum Ufer des Meeres am Phaleron hatte ihn seine
Unruhe getrieben, seine Glieder waren töbtlich ermattet, aber
Ruhe hatte er nicht gefunden. Alles was ihn gequält, war
mit verdoppelter Gewalt wiedergekehrt: er hatte seine Natur
abwerfen wollen, und jener Augenblick hatte ihn belehrt,
daß es ein nutzloser Frevel war, da sie sich nicht abwerfen
ließ. Seine Natur aber, das wußte er nun aus Erfahrung,
brachte ihn da nicht hin wo Praxiteles stand.

Er sah keinen Ausweg mehr, und Verzweiflung kam
über ihn. An der Schwelle des Hauses begegnete er sich
mit Praxiteles, und beide blieben, beim gegenseitigen An=
blick, betroffen stehen.

Wie ein dämonisches, mit übernatürlichen Kräften be=
gabtes Wesen erschien der Meister dem Jüngling. Was er
mit Aufopferung seiner Selbst nicht zu erreichen vermochte,
dieser Mann besaß es Alles, und der feurige Blick des
klaren Auges verrieth, daß er nichts hatte aufgeben, nicht
hatte unrein werden müssen, um es zu erlangen. Hatte auch
er dereinst in Kämpfen gerungen, wie jetzt sein Schüler sie
erleiden mußte, oder konnte es Naturen geben, die so gänzlich
von der seinigen verschieden waren, daß Gluth der Sinne
sich ihnen unmittelbar in Gluth des Gefühls umwandelte?

Und nicht minder überrascht blickte Praxiteles auf Myr=

tolaos, in dessen Antlitz die Seelenerregung der vergangenen
Stunden tiefe wunderbare Spuren gezeichnet hatte. Das
schöne Knabenangesicht war zu schwerem Ernste gereift,
aus den einst so glücklich träumerischen Augen blickte
stumme klagende Erkenntniß und auf der Stirn lagerte
sich der Unmuth in tiefer breiter Falte.

„Wie Hermes," sprach Praxiteles vor sich hin, „der aus
der Unterwelt zurückkehrt und an ihre Schauer zurückdenkt."

Er trat auf Myrtolaos zu und faßte ihn an der Hand.
„Komm," sagte er, „diese Stunde ist die rechte; heute
muß der Hermes von Olympia werden."

Der Jüngling folgte ihm schweigend; er hatte gegen
diesen Mann keine Fähigkeit zum Widerstande in sich.
Aber ein Gefühl trostloser Vereinsamung zog in sein Herz.
Er hätte Praxiteles zu Füßen fallen und ihn um Hülfe
anflehen mögen in seiner Bedrängniß und er war ihm
nichts als eine Studie für seinen künstlerischen Gedanken;
und jede Linie, die der Schmerz auf sein Antlitz grub,
machte diese Studie nur um so werthvoller.

In der Werkstatt des Meisters, welche von der der
Schüler entfernt lag, angekommen, hieß ihn Praxiteles die
Gewandung ablegen und dann gab er ihm die Stellung, in
der er ihn darzustellen gedachte. Der Geist des Künstlers
schien seinen Händen vorgearbeitet zu haben, denn in
kürzester Zeit war die denkbar schönste Haltung gefunden,
die der schöne Körper anzunehmen vermochte. Der linke
Arm ruhte leicht auf einen Säulenstumpf gelehnt, während
die erhobene Rechte den Hermesstab halten sollte; der Kopf
war träumerisch ein wenig gesenkt. Und nun ging es
an's Werk.

Myrtolaos hatte Praxiteles noch nicht arbeiten ge=
sehen; mit Staunen sah er es jetzt: Mit einer Rastlosig=
keit und zugleich mit einer Sicherheit, als würde jedes

Glied an seinem Körper von stählernen Federn regiert, griff er den Thon an, aus welchem er zu modelliren begann; und wenn er die Augen auf den Jüngling richtete, um die Linien von seiner Gestalt abzulesen, so glaubte dieser körperlich die sengende Gewalt dieser Augen zu fühlen; sie waren wie Diamanten, die das Glas zerschneiden.

Stunde zog nach Stunde hin, und rastlos arbeitete Praxiteles.

Kein Wort wurde gesprochen, und der einzige Laut, den man vernahm, war das leise Stöhnen des Jünglings, in dem die Aufregung der schlaflosen Nacht eine tiefe Ermattung hervorgerufen hatte.

Praxiteles hörte es nicht und sah nicht sein bleich und bleicher werdendes Gesicht. Stumm und beinah mit Grausen blickte Myrtolaos auf den Mann, der an seinem Werke, wie der Tiger über seinem Raube saß.

So unerbittlich gegen sich und Andere mußte also der Mensch beschaffen sein, der Werke schaffen wollte, wie Praxiteles; eine Ahnung kam ihm von der Furchtbarkeit der Kunst, die so milde in ihren Zielen und so grausam in der Verfolgung ihres Zieles ist; er fühlte, daß sein weiches Herz diese stählerne Härte nicht besaß; eine düstere Wahnvorstellung schwamm wie ein graues Gewölk aus seinem Herzen zu seinen Augen empor: es war ihm, als würde er, wie Metall aus dem man ein Bildwerk gießen will, in die Gluth einer feurigen Esse geschoben — er fühlte die Qual der Vernichtung. —

„Ich kann nicht mehr," sagte er plötzlich mit lallender Stimme; sein Haupt senkte sich, und in der Ohnmacht, die ihn befiel, wäre er schwer zur Erde niedergeschmettert, wenn Praxiteles ihn nicht aufgefangen hätte.

Indem er ihn auf ein Ruhebett legte, blickte der

Bildhauer zum erstenmale zur Sonne auf; sie war längst über den Mittag hinüber.

Als Myrtolaos aus seiner Ohnmacht zu sich kam und die noch verschleierten Augen halb öffnete, sah er ein weibliches Antlitz auf sich gebeugt und eine weiche Hand stützte sein müdes Haupt.

„Hellanodike?" flüsterte er leise.

„Nicht Hellanodike," gab eine lachende Stimme zur Antwort; er blickte auf und erkannte Phryne.

„Armer Hermes," sagte sie, „ich weiß, was es heißt, in die Hände jenes Schrecklichen zu fallen; er tödtet uns, damit er uns unsterblich mache."

Sie hob einen Becher an seine Lippen und flößte ihm einige Tropfen Wein ein, so daß er die erloschenen Kräfte allmählich wiederfand.

„Ist er wieder bei uns?" fragte Praxiteles, der sich von seinem Werke erhob. Er trat heran und legte die Hand auf die bleiche Stirn des Jünglings.

„Armer Junge," sagte er lächelnd, „es war dir zu viel geworden, du hattest noch keine Nahrung zu dir genommen."

„Und wovon lebst du?" rief Phryne, indem sie die Augen zu Praxiteles erhob, „denn ich weiß, daß auch du noch keinen Bissen heute genossen hast?"

„Ich?" rief Praxiteles. Er lachte jauchzend auf und fiel wieder über seine Arbeit her.

„Bei den Göttern," sagte das Weib, „er ist kein Mensch, er ist einer von den Dämonen."

Sie trat hinter ihn, und da er von seinem Werke nicht aufsah, legte sie die Hände auf seine Schultern und blickte über dieselben hinweg auf die Wunderblume, die unter seinen Händen entstand.

„Du Zauberer," flüsterte sie mit tiefer Bewunderung

und schmiegte ihre Wange an die seinige. Jetzt sah er
auf, warf den braunen sehnigen Arm um ihre Hüfte und
zog sie auf sein Knie. Indem er in ihr Antlitz schaute
und in den geistvollen Zügen desselben die Wonne las,
die ihre Seele mit allen Poren aus dem Anblick des auf-
dämmernden Kunstwerkes sog, sprang er empor und mit
einem Schrei des Entzückens, der rauh und wild aus
seinem Busen brach, faßte er das schöne Weib in seinen
kraftvollen Armen, warf sie, leicht wie ein Kind, empor
und ließ sie an sein hochaufklopfendes Herz zurücksinken,
an dem sie hangen blieb, indem sie sein Antlitz mit
bachantischen Küssen bedeckte. Staunend sah der bleiche
Myrtolaos von seinem Lager diesem Schauspiele zu; wie
ein spielendes Löwenpaar, das seiner Freiheit genießt, so
erschienen ihm die Beiden, einer Freiheit, die Allem, was
nicht Löwe ist, wie Wildheit erscheint.

Endlich kam Phryne mit heißen Wangen und fliegendem
Athem zu ihm zurück.

„Hermes,“ sagte sie, „nun noch ein Wort und einen
Trost für dich: morgen feiern wir ein Fest. Die Ab-
gesandten von Knidos kommen, um die Aphrodite abzu-
holen, die Praxiteles für sie geschaffen; wir werden sie
bewirthen und dazu Mnemarch einladen und noch Eine
— weißt du wen?“

Er senkte schweigend die Augen.

„Schwermüthiger Tanagräer,“ sagte sie und nahm
sein lockiges Haupt zwischen ihre Hände, „morgen sollst
du wieder heiter werden.“

———

Es war am Vormittag des nächsten Tages, als vor
dem Hause des Mnemarchos das Volk zusammenlief.

„Was giebt's,“ fragten die Vorübergehenden.

„Sie ist in dies Haus gegangen," war die Antwort.

„Sie? Wer?"

„Nun wer? Phryne."

Das genügte, und wie die Fliegen am Stocke blieben die schönheitsdurstigen Athener an der Thür hängen, um den Augenblick zu erlauern, wo sie aus derselben wieder heraustreten würde; denn ein Tag, da man Phryne, den schönen Liebling der Stadt gesehen, war kein verlorener, und wenn man deshalb von Sonnenaufgang bis Sonnenuntergang auf dem Straßenpflaster hätte herumstehen müssen.

Im Gartenhofe stand Hellanodike und lauschte auf den dumpfbrausenden Lärm draußen; und jetzt fuhr sie auf, denn in den Garten trat ein Weib, wie sie nie eines gesehen. Von der schlanken Sohle bis zum lachenden Auge hinauf war Alles sprühendes Leben, Duft und Schönheit, und wenn sie nicht geahnt hätte, wer die Fremde wäre, so hätte sie es aus Mnemarch's Munde erfahren, der seinen Gast begleitete und sie mit faden Schmeicheleien überschüttete.

„Göttliche Phryne," rief er, „du begnadigst mein Haus. Man wird sagen, daß die Sonne sich mit dem Morgenstern in meinem Hause ein Stelldichein gegeben habe;" und er schaute blinzelnd zu Hellanodike hinüber, die beklommen im Hintergrunde des Hofes stehen geblieben war.

Ohne weiter auf ihn zu achten, ging Phryne geradenwegs auf Hellanodike zu.

„Hellanodike," sagte sie, „die Tochter des Myronides aus Tanagra?" und sie bot ihr grüßend die Hand.

Leise legte die andere die ihrige hinein.

„Ich sehe." sagte sie, „daß du mich kennst." Sie erhob die Augen, und die beiden Frauen sahen sich einen Augenblick schweigend an. Es war ein bedeutungsvoller Blick. Schöne Frauen können nicht gleichgültig nebeneinander hergehen; sie werden Freundinnen oder Fein-

binnen werden, und der Inſtinkt des Herzens, jene Natur=
macht, die der Frau ſtärker innewohnt als dem Manne,
weil ſie von der unbewußten Natur noch weniger losgelöſt
iſt als dieſer, verleiht ihrem Herzen ein raſcheres Ver=
ſtändniß für die Schwingungen des Nebenherzens als
dies dem Manne gegeben iſt.

Stolz und überlegen, faſt um eine halbe Kopfeslänge
größer und in entwickelterer vollerer Schönheit ſtand Phryne
neben der zarten jungfräulichen Geſtalt, und dennoch, wäh=
rend ſie auf das beſcheiden geneigte Haupt niederblickte,
empfand ſie, daß im verborgenſten Grund dieſer ſchüch=
ternen Seele ein Etwas war, das ihr, der ſiegreichen Phryne,
ein „zurück von mir“ zurief; jene Kraft, die aus Schwäche
geboren, einer Welt Widerſtand leiſtet, Jungfräulichkeit.
Dieſes empfinden, und zugleich unbewußt beſchließen, dieſen
Widerſtand zu brechen, war in der Seele des ſieggewohnten
Weibes ein einziger Moment.

„Ich komme, dich einzuladen,“ ſagte ſie; „Praxiteles
giebt den Abgeſandten von Knidos ein Feſt, und Myrto=
laos, deinem und unſerm Freunde, würde die Mahlzeit
nicht munden, wenn du uns dabei fehlteſt.“

Hellanodike erröthete von der Stirn bis in den Nacken.

In dem Tone dieſer Worte, die ihre Liebe zu Myr=
tolaos ſo leichthin wie etwas alltäglich ſelbſtverſtändliches
behandelten, lag etwas, das ſie abſtieß und empörte. Das
keuſche Geheimniß ihres Innern war kein Geheimniß mehr;
fremde Augen hatten darin geleſen und ſich daraus die
Schlüſſe gezogen, die ihnen die richtigen ſchienen.

„Frauen an der Tafel mit Männern?“ fragte ſie
mit erzwungenem Lächeln. Im Hauſe ihres Vaters wäre
ihr das unmöglich erſchienen.

„O ich weiß,“ erwiderte Phryne, „daß es den griechiſchen
Frauen wie eine Verletzung ewiger Geſetze erſcheint, wenn ſie

das Frauengemach verlaſſen und ſich unter Männer begeben
ſollen. — Welche Thorheit; ſind wir nicht aus den Händen
einer und derſelben Natur hervorgegangen, und heißt Ver=
ſchiedenheit der Geſchlechter Feindſchaft zwiſchen ihnen?
Nimmermehr; ſondern Ergänzung heißt das Geſetz, das über
Mann und Weib regiert. Ja, ich liebe die Männer, denn
ich ſonne mich gerne in den Strahlen, die aus dem Auge
des geiſtesgewaltigen Mannes leuchten, ich zittre gern vor
der ungeſtümen Kraft und ich lache der Frauen, die mich
tadeln, weil ich ſo denke wie ich ſpreche und thue wie ich
denke; und ich liebe das Weib, denn in ſeiner Schönheit
verehre ich das ſichtbar gewordene Geſetz der großen Har=
monie, die den zügelloſen Mann bändigt und den trägen
zur That erweckt. Und ſo wie ich den Mann verachte, der
ſolcher Macht ſich entzieht, ſo zürne ich den griechiſchen
Frauen, die ſich in thörichter Scheu vor den Männern ver=
ſtecken, ſtatt daß ſie die Weiſung verſtehen lernen, die die
Götter mit leuchtender Schrift auf ihre prangenden Glieder
geſchrieben, ſtatt daß ſie heraustreten unter die Männer und
die Wilden zu Geſitteten, und dieſe Menſchenwelt zu einem
Elyſium machen, in dem die Leidenſchaften nur noch er=
wärmen, nicht aber mehr verzehren, die Kräfte wetteifernd
ringen, nicht aber mehr in tödtlicher Fehde ſich zerſtören.
Komm doch," ihre Stimme war ſanft einſchmeichelnd, und
ſie ſchlang den Arm um den immer noch glühenden Nacken
des Mädchens, „warum willſt du dich fürchten? Furcht iſt
ſolch ein häßlicher Wurm in der ſüß duftenden Roſe der
Lebensfreude. Komm, geh' mit mir, fühle den Reiz, den
es gewährt, wenn die Augen edler Männer an deiner Schön=
heit aufleuchten und du zwiſchen ihnen ſtehſt, wie ein Geſtirn,
deſſen Daſein ſchon genügendes Verdienſt iſt — oder glaubſt
du", und ihr Ton ward ernſter, „daß andere als edle Männer
im Hauſe des großen Praxiteles verkehren dürfen? oder

sollte er es dir noch nicht gesagt haben, daß du es wagen darfst, vor das Auge aller Preisrichter der Schönheit zu treten und zu sagen: richtet?"

Sie hatte die Hand unter Hellanodikes Kinn gelegt und hob ihr Antlitz empor, indem sie ihr schalkhaft lächelnd in die Augen sah.

Unwillkürlich lächelte Hellanodike wieder, als sich die sprühenden dunklen Augen in die ihrigen tauchten; und Phryne hatte gewonnen.

Sie klatschte vergnügt in die Hände.

„Mnemarchos," wandte sie sich an diesen, der mit ge= spitzten Ohren der Verhandlung gefolgt war, „sammle allen Witz und Geist, über den du gebietest, damit du heute würdig seiest in der Gesellschaft der zwei schönsten Frauen von Athen zu speisen." Mnemarch verneigte sich mit süßlichem Lächeln.

„Und nun kein Säumen," fuhr Phryne zu Hellanodike fort; „ich nehme dich stehenden Fußes von hier zu uns hinüber und werde selbst die Zofe spielen, die dich geziemend kleidet."

„Du selbst wolltest?" fragte Hellanodike.

„O, du sollst sehen, daß ich bei den Bildhauern ge= lernt habe."

Während Mnemarch sich entfernte, begaben sich die Frauen in Hellanodike's Gemach und suchten die Kleider und Schmuckstücke hervor, die Phryne für das heutige Fest passend schienen. Sie nahm die Sache ernst und es währte geraume Zeit, bis daß sie ihr Werk zu ihrer Zu= friedenheit vollbracht hatte. Endlich war es beendet, und kein Künstler hätte vermocht, die schöne junge Gestalt reicher und angemessener zur Geltung zu bringen, als Phryne's Hände.

„Nun fehlt uns noch ein Schmuck," sagte sie, indem sie sich vor sie hinstellte und das lichtblaue Obergewand, das Hellanodike's schlanke Figur umfloß, in die letzten

Falten rückte; „wie ist es, brachte er dir nicht die Spange, die ich ihm für dich mitgab?"

„Sie war zu weit für meinen Arm," erwiderte Hella=nodike erröthend; „dort liegt sie." In Phryne's Augen zuckte ein böser Blick.

„Ei wie, zu weit," sagte sie, „ihr habt nicht zu=gesehen, sie läßt sich enger machen."

Die Spange, aus feinstem Golde gearbeitet, ließ sich in der That zusammendrücken, sodaß die Schlußplatten, statt aneinander zu stoßen, einander überragten. In dieser Weise schlang Phryne den Schmuck um Hellanodike's linken Oberarm, kalt fühlte diese das Metall auf ihrer Haut, und ein Schauer überlief sie.

Phryne hielt den schönen Arm einen Augenblick in der Schwebe.

„Du Reizende," sagte sie, indem sie ihn sinken ließ und einen plötzlichen Kuß auf die runde weiße Schulter drückte, die voll und weich aus der Gewandung hervorblickte.

Die Pforten öffneten sich, und den Arm um ihre Schulter geschlungen, trat Phryne mit Hellanodike auf die Straße hinaus.

Unwillkürlich schrak die Letztere zurück, als sie das tobende Jubelgeschrei vernahm, das ihnen in diesem Augenblick entgegenschlug.

„Nur Muth," flüsterte ihr Phryne lächelnd zu; „die guten Athener sind nun einmal ein wenig laut, wenn sie sich freuen."

Mit königlichem Anstande schritt sie durch die um= drängende Volksmasse hin.

Ein dunkelgebräunter Bursche, halb Knabe, halb Jüngling, machte sich durch seinen Eifer besonders be= merkbar. Er ging vor den Frauen wie ein Herold ein= her, indem er sich von Zeit zu Zeit mit leuchtenden Augen umsah und lachend seine weißen Zähne zeigte.

„Heil der göttlichen Hetäre, Heil der schönen Phryne.“ schrie er mit einem male mit fanatischem Jubel, und sofort pflanzte sich der Ruf durch die Masse fort: „Heil der göttlichen Hetäre.“ Hellanodike zuckte zusammen.

„Die Recken,“ flüsterte sie, „hörst du, was sie sagen?“ Phryne lachte und schlang den Arm fester um ihre Schultern.

„Wer mag die Andere sein, die mit ihr geht?“ sagte ein älterer Mann so laut zu seinem Begleiter, daß Hellanodike jedes Wort vernahm; „sie ist kaum minder schön als Phryne.“

„Ich weiß nicht,“ versetzte der Angeredete; „jedenfalls eine neue Hetäre, die den Olymp des Praxiteles bevölkern soll.“

„Glückseliger Olympier,“ sagte der Erste; und beide lachten. Hellanodikes Antlitz war wie mit Blut übergossen; der Boden, über den sie schritt, erschien ihr wie glühendes Metall, und sie wagte die Augen nicht mehr zu erheben.

Wie eine Erlösung erschien es ihr, als sie endlich das Haus des Praxiteles erreicht hatten.

Die Abholung des Kunstwerkes durch die Gesandten von Knidos war ein Ereigniß, denn sie offenbarte von neuem die geistige Ueberlegenheit Athens über das übrige Griechenland; in den Vormittagsstunden hatte daher vor dem versammelten Rathe der Stadt ein feierlicher Act stattgefunden, in welchem die Gesandten begrüßt wurden; das Fest bei dem Künstler und die eigentliche Uebergabe des Werkes sollte den Schluß machen, und die ersten Bürger der Stadt waren als Theil-nehmer des Festes geladen.

Jetzt kamen von der Akropolis Sklaven herbeigestürzt, welche die Nachricht brachten, daß der feierliche Zug unter-wegs sei; im Hause des Praxiteles ertönte der laut hallende Schlag eines messingnen Beckens, das im Vorderraume hing; die Sklaven sammelten sich, festlich geschmückt, an der Pforte des Hauses, und dann kamen, begleitet von den drei

Archonten, den Oberhäuptern der Stadt und von anderen
ansehnlichen Bürgern, die Knidischen Gesandten an.

Auf der Schwelle des Hauses trat ihnen der Haus=
herr entgegen und begrüßte sie mit stolzer Höflichkeit.

Ein Duft von frischen Blumen wogte durch das ganze
Haus, im Vorraume, der die Eintretenden empfing, waren
die erlesensten Bildwerke des Meisters aufgestellt, und
wohin das Auge sich wenden mochte, begegnete es An=
ordnungen eines so überlegenen Geschmackes, daß die Gäste
sich in eine höhere geistige Welt versetzt fühlten.

Praxiteles schritt voran, und sie betraten den von
Säulen umgebenen oben offenen Mittelraum des Gebäudes.
Zwischen den Säulen, dem Eingang gegenüber, so daß er
den Hintergrund verdeckte, war ein Vorhang vom schwerem
dunklem Stoffe angebracht und vor demselben waren Sessel
aufgestellt, auf denen die Eintretenden sich niederließen.
Der Hausherr verschwand hinter dem Vorhange, und gleich
darauf ertönte eine sanfte Musik von Flöten und Saiten=
instrumenten; der Vorhang rauschte langsam und ge=
räuschlos an den Säulen nieder, und wie gebannt saßen
die Gäste bei dem unaussprechlich schönen Anblick, der
sich ihnen bot:

Inmitten des Raumes, schneeweiß sich abhebend von
dem dunklen Hintergrunde, den dichte, grüne, zwischen den
Säulen aufgerankte Blumen= und Laubgewinde bildeten,
stand die Aphrodite des Praxiteles.

Eine lautlose Pause tiefsten Schweigens trat ein, dann
aber sprang Alles von den Sitzen auf, und ein wirres
Durcheinander entzückter Ausrufe verkündete den Eindruck,
den das wunderbare Kunstwerk hervorgerufen hatte.

Die Archonten vergaßen ihre staatliche Ehrwürdigkeit;
die Gesandten ihre amtliche Zurückhaltung, Alles drängte
sich an Praxiteles und jeder wollte der Erste sein, der ihn

umarmte und an das Herz drückte. Einzelne gingen in ihrer Begeisterungswuth so weit, daß sie das leuchtende Marmorbild umarmten und mit Küssen bedeckten, so daß der Meister ihnen lachend Einhalt thun mußte.

So war Alles schon in begeistertster Stimmung, als jetzt die Sklaven erschienen und, indem sie die Gäste mit Rosenkränzen schmückten, das Zeichen gaben, daß die Mahlzeit bereitet war.

Man trat in den Speisesaal, und ein neuer Ausruf des Staunens und der Ueberraschung rauschte durch die Versammlung.

An der den Eintretenden gegenüberliegenden Hinter= wand des Saales waren Stufen, und auf der obersten derselben stand ein Weib, das in den schönen nackten Armen einen zweihenkligen Krug emporhielt, während ihr zu Füßen ein Jüngling und ein Mädchen auf den Stufen saßen, die jedes einen Becher zu ihr emporhoben.

Die lachenden Augen des Weibes, die tief erröthenden Wangen des Mädchens und des Jünglings, und das leise Zittern, welches den Leib des Mädchens bewegte, verriethen, daß dieses Dreigestirn von Schönheit und Lieblichkeit nicht aus Marmor, sondern Fleisch und Blut war.

„Aphrodite! Aphrodite!" so erscholl es unter den Gästen, denn man hatte in dem schönen Weibe das Urbild des eben gesehenen Marmorwerkes erkannt. „Aphrodite, welche dem Ganymed und der Hebe den Becher füllt," erklärte einer der Archonten.

„Nicht Hebe, sondern Iris," sagte ein Anderer; „darauf deutet das lichtblaue Gewand, in dem Ihr sie erblickt."

Phryne-Aphrodite neigte den Krug, füllte die erhobenen Becher, und die zwei ersten Archonten traten heran, um die Pokale in Empfang zu nehmen.

Nachdem die Becher die Runde durch die Versammelten

gemacht hatten und jeder einen Zug daraus getrunken, sprang
Phryne lachend von ihrem Piedestal herab und trat zu
Praxiteles heran, während Myrtolaos und Hellanodike
sich gleichfalls erhoben.

„Bist du zufrieden? und habe ich in deiner Schule
gelernt?" fragte sie den Bildhauer mit leuchtenden Augen.

„Ihr Männer von Knidos," sagte dieser, indem er
den Arm um ihre Hüfte legte, „wenn Ihr in Eure Hei=
math zurückkehrt, werdet Ihr sagen können, daß Ihr
Phryne gesehen habt, welcher Aphrodite ihren Leib, Pallas
ihren Geist —"

„Und Praxiteles seinen Meißel lieh," unterbrach ihn
das Weib mit zärtlichem Stolze.

Im Sturm hatte Phryne Sinne und Herzen der
Anwesenden erobert, und einstimmig ward beschlossen, ihr
das Amt des Symposiarchen, d. h. des Festordners zu
übertragen. Diese Stellung gab ihr die Befugniß, alles
dasjenige anzuordnen, was zur Unterhaltung der Gäste
und Erhöhung der Festfreude dienen konnte; der Geist
des Festes ruhte in ihren Händen.

Mit glänzendem Geschicke entledigte sie sich ihrer Auf=
gabe, und staunend sah und hörte ihr Hellanodike zu,
welche schüchtern und schweigsam in der ungewohnten
Männergesellschaft saß. Niemand schenkte ihr besondere
Aufmerksamkeit, denn Alles hing an Phryne. Myrtolaos
hatte fern von ihr am anderen Ende der Tafel seinen
Platz, und nur Einer war in der ganzen Versammlung,
dessen Augen an Phryne vorübergingen, um an Hellano=
dike hangen zu bleiben. Es war Mnemarch. Er sprach
wenig, und seine stummen Blicke nahmen, je mehr er von
dem feurigen Weine genoß, einen immer heißeren ver=
zehrenden Ausdruck an. Nie war ihm das Mädchen so
schön und begehrenswerth erschienen wie heute.

Nachdem man bereits einige Stunden getafelt, und die Stimmung der Anwesenden ihren Höhepunkt erreicht hatte, winkte die schöne Festordnerin einen der aufwartenden Sklaven zu sich heran und flüsterte ihm einige Worte zu. Gleich darauf öffneten sich die Pforten des Saales, und mit rauschendem Lärm, mit Flöten und rasselnden Tambourinen kam ein Schwarm von Mädchen und Jünglingen hereingestürmt. Alle Gespräche verstummten, und Alles wandte seine Aufmerksamkeit den neuen Ankömmlingen zu, die sich zum Tanz ordneten.

Anfänglich war der Reigen gemessen und die Bewegungen der Tanzenden zurückhaltend; mit zunehmender Wärme aber wurden die Verschlingungen kühner, die Jünglinge griffen fester zu und ließen ihre Tänzerinnen höher im Schwunge emporfliegen; einzelnen der Mädchen lösten sich die Haare, anderen rissen die Tänzer die Bänder auf, welche das Haar auf ihrem Haupt zusammenhielten, und so raste der wilde Schwarm wie eine Schaar von Mänaden jauchzend und tobend durcheinander.

Die Augen der Gäste glühten, Phryne stand aufgerichtet am Ende der Tafel und blickte mit ruhigem Lächeln auf das wilde Schauspiel.

„Haltet ein," rief sie plötzlich mit heller Stimme in den Haufen hinein, und unverzüglich leistete man ihrem Gebote Folge. „Euer Tanz wird zu wild," sagte sie, „und es fehlt ihm das Beste. Ist keine unter Euch, die uns durch einen Einzeltanz erfreuen könnte?"

Eins der Mädchen trat vor.

„Schöne Phryne," sagte sie, indem sie das lange Haar aus dem erglühenden Gesichte strich, „bei anderen Festen bin ich es, die den Anderen vortanzt; hier aber darf ich mich dessen nicht unterfangen."

„Weshalb nicht hier?"

„Weil Phryne anwesend ist, vor der meine Kunst zu schanden werden müßte, denn Jedermann in Athen weiß, daß niemand zu tanzen versteht wie sie."

Die Gäste sprangen von ihren Sitzen auf.

„Zeige uns deine Kunst, Phryne," hieß es, „Phryne soll tanzen."

Sie schien einen Augenblick zu überlegen, dann trat sie mitten in den Saal; die Mädchen, sowie die Jünglinge wichen zurück, um ihr Platz zu machen. Sie winkte dem Einen der Flötenspieler zu, und zum Rhythmus, den er blies, begann sie einen der Musik entsprechenden, lang- samen, feierlichen Tanz. Das lange Gewand, das bis auf ihre Füße ging, hinderte sie an schnelleren Bewegungen, und ihr Tanz bestand wesentlich nur in einem abgemessenen Schreiten, einem Neigen des Körpers, einem Aufraffen und Wiederfallenlassen des Gewandes. Trotzdem waren ihre Bewegungen von solcher Anmuth, daß sich ein Beifalls- geschrei unter den Anwesenden erhob.

„Ihr seid zu nachsichtig," sagte Phryne lachend, „wenn Ihr Euch mit solch schläfrigem Tanze begnügt."

„So zeige uns einen munteren," rief Praxiteles, vom Wein erhitzt.

Die Augen des Weibes blinkten in einem seltsamen Feuer auf.

„Wartet einen Augenblick," rief sie und verschwand aus dem Saale.

Ein gespanntes Schweigen trat ein, flüsternd unter- hielten sich die Gäste und alle Augen waren erwartungs- voll auf die Pforte gerichtet, durch welche Phryne gegangen war. Plötzlich schlugen die Vorhänge zurück, und ein Schrei des entzückten Staunens brach aus allen Kehlen.

Das Obergewand hatte sie abgeworfen, das Unter- kleid von feinstem weißen Linnen, das sich eng um die

üppigen Formen des Oberleibes schloß, war bis zu den
nackten leuchtenden Knieen aufgeschürzt, und auch der
Sandalen hatte sie sich entledigt.

Elastisch wie ein Panther war sie mit einem Sprunge
unter den Mädchen, riß dem Einen derselben das Tambourin aus der Hand und indem sie sich selbst begleitete,
begann sie einen wilden bachantischen Tanz.

Jede Linie des reizenden Leibes war Wolluft der Bewegung, und wie sie die Augen der Männer mit verzehrender Gluth auf sich gerichtet fühlte, überkam sie die
Wonne vergangener wilder Tage; sie war wieder Phryne
die Hetäre, und ihre Augen, die bald in wilder Gluth
aufloderten, bald in süßem Schmachten erloschen, bekundeten
den üppigen Rausch, in dem sie mit Leib und Seele auf-
gegangen war; Ihrer selbst vergessen, umrauscht vom Bei-
fallsgejauchze der Männer, der Weiber und Aller, welche
zuschauten, immer wilder ging der schwärmende Tanz,
immer enger schloß sich das zarte Gewand an den flie-
genden Busen. und ließ die Geheimnisse des schönen
Leibes mehr und mehr errathen; plötzlich brach sie den
Tanz ab, und während Alles in Ekstase war und sich
nicht zu fassen vermochte, stand sie, die Versammlung
lächelnd überblickend, scheinbar die einzige, die ganz ruhig
und ihrer selbst mächtig war.

Sie machte eine Bewegung, als ob sie schauerte, und
hob den einen der unbeschuhten Füße von den Marmor-
fliesen des Bodens.

„Dieser Boden ist kalt," sagte sie, „mich fröstelt; bei
wem finde ich Schutz?"

„Bei mir!" und „bei mir" scholl es lachend von
allen Seiten zur Antwort, und dieser und jener reckte
die Arme verlangend nach der schönen Schutzbedürftigen.

Sie achtete nicht darauf.

„Bei dem Schönsten!" rief sie mit einem hellen, klingenden Schrei, und jählings, bevor die verblüfften Gäste sich dessen versahen, sprang sie auf den Polster, auf welchem Myrtolaos ruhte, und schmiegte sich eng an den schönen überraschten Jüngling.

Hellanodike flog halb von ihrem Sitze empor.

Phryne hatte es bemerkt; mit wildem, tollen Lachen schlang sie die Arme um Myrtolaos, während ihre Augen mit herausforderndem Hohne zu dem Mädchen hinüber-zuckten.

Sie ergriff den Becher, der vor ihr stand.

„Füllt die Becher, ihr Sclaven," rief sie, „und gebt auch jenen Mädchen und Knaben dort Wein, daß Nie-mand hier sei, der mit kalter Nüchternheit auf die Trunkenheit der Seligen blicke!"

Die Sclaven gehorchten; Phryne hob den Pokal empor.

„Hört, was die Festordnerin gebietet, sterben soll die Nüchternheit, sterben die Kälte und die Ehrsamkeit."

„Sterben sollen sie, sterben," scholl es ihm wilden Chor.

„Und leben soll der heilige Wahnsinn, die göttliche Raserei."

„Leben sollen sie," erklang es als Antwort.

Ein wildes sinnentaumelndes Bachanal begann, und während die Männer die Dirnen an sich heran und auf ihren Schooß rissen, beugte Phryne die Lippen dicht zu Myrtolaos' Ohr.

„Hör' mich an, du schöner thörichter Knabe," flüsterte sie mit heißer Stimme, „dem ich wohl will, obgleich du so wenig nach mir fragst, ich sehe dir an, daß du leidest und ich weiß, was dir fehlt: du möchtest ein Künstler sein, wie Praxiteles und kannst es nicht werden, weil du dein heißes Herz an eine kalte Geliebte geknüpft hast."

Myrtolaos sah sie betroffen an und verstummte.

„Siehst du, daß ich in deinen Gedanken lese," fuhr Phryne leise triumphirend fort — „wohlan, ich will dir helfen, ich will dich zu einem Künstler und deine Böotierin zu einer Athenerin machen."

„Wie meinst du das?" fragte er staunend.

„Du wirst es sehen," versetzte sie hastig; „laß mich gewähren und störe mich nicht; bedenke, daß Alles zu deinem Wohle geschieht."

Bevor er noch den Sinn ihrer Worte zu fassen ver= mocht, erhob sie sich auf dem Polster, darauf sie lag.

„Gebt Frieden!" rief sie in den tosenden Schwarm und ein augenblickliches Schweigen trat ein.

„Ihr Männer," sagte sie mit heller Stimme, „Ihr kennt das Urbild, nach welchem Praxiteles seine Knidische Göttin schuf — ist Einer unter Euch, der Phryne tadelt, daß sie dem Meister dazu ihren Leib geliehen?"

„Wer das thäte," sagte einer der Gesandten von Knidos mit lallender Zunge, „den sollte man zu den Paphlagoniern schicken und Eicheln essen lassen."

„Sei nicht zu streng," wandte sich Phryne lächelnd an den Gesandten, „denn dein Wort möchte ein Weib treffen, und dann wäre es nicht zart."

„Eine Frau?" sagte Praxiteles.

„Hört denn," und Phryne's Stimme wurde schärfer, „es ist Eine unter uns, die im Innersten ihres Herzens Phryne's Thun verdammt; die Freundin eines Künstlers, wie Phryne die Freundin eines solchen ist, die ihrem Freunde verweigert, was Phryne dem ihren gewährt."

„Wen meinst du?" scholl es jetzt von allen Seiten.

„Dort — Hellanodike, die Tochter des Myronides aus Tanagra."

Aller Augen wandten sich auf Hellanodike, die zitternd an allen Gliedern, wie in Feuer gebadet saß.

„Seht sie an," fuhr Phryne fort, „saht Ihr je eine
Gestalt, die Pallas mehr nach ihrem Ebenbilde erschuf?
Ist es recht, was sie thut, daß sie ihrem Freunde ver=
weigert, sich als Pallas zu zeigen?"

Myrtolaos fuhr auf —

„Was thust du?" sagte er halblaut zu Phryne.

Sie legte die Hand auf seine Schulter und drückte
ihn lächelnd nieder.

„Dort sitzt der Gebieter im Reiche des Schönen,"
sagte sie, indem sie auf Praxiteles zeigte. „Wohlan denn,
sprich, ob die Kunst ein Recht hat an diesem Weibe, und
ob sie der Kunst ihr Recht noch länger verweigern darf?"

Praxiteles erhob sich lachend von seinem Sitze.

„Dazu bedarf es keines Meisters der Kunst," sagte
er, „um zu erkennen, daß dieses schöne Kind —"

„Pallas, sie soll sich als Pallas zeigen," unterbrach
ihn ein wüstes Geschrei aus zwanzig Kehlen. Die Gäste
hatten Phryne's Meinung erkannt und ergriffen den Ge=
danken mit Begierde.

„Du hörst," wandte sich Phryne an Hellanodike,
„du mußt dich ihrem Gebote fügen; dort steht der Paris,
zeige dich ihm so, wie Pallas vor dem Sohne des Pria=
mus stand."

Das geängstigte Mädchen drückte beide Arme auf
die Brust. —

„Nimmermehr," keuchte sie hervor, „nimmer, nimmer=
mehr!" —

„Du mußt," schrie Phryne mit scharfer schneidender
Stimme. Sie war zu Hellanodike geeilt und mit einem
Griffe hatte sie die Agraffe, die das Kleid auf der Schulter
hielt, gefaßt und gelöst. Mit der Kraft der Verzweiflung
sprang Hellanodike auf, stieß die Angreiferin zurück und
wollte aus dem Saale entfliehen.

„Helft mir," schrie Phryne den Tänzerinnen zu, und wie ein Schwarm von Dämonen fielen sie über Hellanodike her, der sie den Weg zum Ausgang versperrten.

Es bildete sich ein dichter wirrer Knäuel um sie, und die schönen entsetzten Augen irrten in stummer Noth im Kreise ihrer Peinigerinnen umher, während sie krampfhaft das Gewand auf der Schulter festzuhalten versuchte.

„Haltet den Böotier fest," ertönte jetzt plötzlich Mnemarchs Stimme, welcher bemerkt hatte, wie Myrtolaos von seinem Polster aufsprang.

Zwei Sklaven warfen sich über ihn, faßten ihn an den Armen und Schultern und drückten ihn mit Aufbietung aller Kraft auf den Sitz nieder.

„Laßt mich," schäumte Myrtolaos, aber sie ließen ihn nicht, sondern hielten ihn wie mit eisernen Fäusten fest.

Dies war die Losung zum Aeußersten und Letzten.

Die Dirnen verwandelten sich in rasende Mänaden; sie faßten Hellanodike an Händen und Armen, und ein Triumphgeschrei ertönte, als das blaue Gewand zerrissen von ihren Schultern herniederflatterte. Schneeweiß leuchtete es inmitten des dunklen Gewirrs von schwarzen Locken und glühenden Gesichtern auf, und mit der Anstrengung der letzten Todesangst preßte sie die Arme auf den entblößten Busen, um das sinkende Kleid zu halten.

Jetzt stürzte Mnemarch, dessen Gesicht den Ausdruck eines Raubthieres angenommen hatte, mitten in den Schwarm und auf Hellanodike zu; mit einer Hand faßte er die schönen nackten Arme, um ihren Widerstand zu brechen, mit der anderen griff er in den Busen ihres Gewandes, um es mit einem letzten frechen Griffe vollends herunterzureißen. —

„Myrtolaos!" gellte ein zitternder verzweifelter Schrei.

Da erscholl am andren Ende des Saales ein wild

aufheulender Schmerzensschrei, über den Tisch hinweg kam
es mit einem gewaltigen Sprunge mitten in den tobenden
Haufen hinein, die Dirnen taumelten rechts und links
zur Seite und rücklings fühlte sich Hellanodike von einem
riesenstarken Arme umfaßt. Im nächsten Augenblicke fiel es
krachend auf Mnemarchs Scheitel nieder, sein Haupt knickte
auf die Brust, seine Hände sanken herab, und von einem
Faustschlage getroffen, der mit der Gewalt eines Schmiede-
hammers geführt zu sein schien, stürzte er ächzend zur Erde.

Eine heisere rauhe Stimme flüsterte zu Hellanodike's
Ohren, sie verstand nicht, was sie sagte, denn die wüthende
Erregung brach die Worte in Stücke, bevor sie die Lippen
verlassen, aber den Ton der Stimme erkannte sie, und
mitten in Angst und tödtlicher Verzweiflung durch=
schauerte sie ein Gefühl namenloser Wonne.

Sie schlang die Arme um seinen Nacken, drängte sich
an ihn, so dicht, daß sie das stürmende Klopfen seines
Herzens an ihrer Brust empfand, und blickte in Myrtolaos'
wilde, schöne, geliebte Augen empor.

Mit der Linken hielt er sie an sich gedrückt, während
er mit der Rechten einen der schweren Mischkrüge er=
griffen hatte, die leer am Boden standen, und indem er
ihn wie eine Waffe drohend am Henkel emporschwang
und mit zuckenden Lippen und flammenden Augen die
Versammelten maß, glich er einem jungen Theseus, der
mit den Centauren kämpfte.

Am anderen Ende des Saales krümmte sich, nach
Luft ringend, der eine der Sklaven, welche Myrtolaos
gehalten hatten, und der durch einen Fußstoß des Jünglings
bis an die Wand geflogen war. —

Einen Augenblick war Alles in lautloser Betroffenheit
zurückgewichen, auch Phryne stand, von ihrer Geistes=
gegenwart auf Augenblicke verlassen, schweigend unter den

Uebrigen. Ihre finster gefalteten Brauen, die krampf=
haft geballten Hände verriethen indessen den Sturm des
Grimmes, der ihr Inneres durchtobte. Da bemerkte sie,
wie es sich hinter dem Rücken des Jünglings am Boden
regte; Mnemarch war zu sich gekommen. Sein erstes
Lebenszeichen war ein Blick voll tödtlichen unersättlichen
Hasses auf Myrtolaos. Phryne's scharfem Auge entging
dieser Blick nicht, und zugleich bemerkte sie, wie die Hand
Mnemarch's krampfhaft unter seinem Gewand zu nesteln
begann. Sie wußte, was er suchte, und ein furchtbarer
Gedanke durchzuckte ihr rachedürstendes Herz. Es kam
darauf an, Mnemarch Zeit zu verschaffen und Myrtolaos
zu verhindern, daß er nach dem Gegner umblickte. Plötzlich
trat sie auf den Jüngling zu.

„Was unterfängst du dich im Hause des Praxiteles?"
rief sie, und der Zorn gab ihrer Stimme einen kreischenden
Ton — „was thust du, Böotier?"

„Ich schütze sie vor dir," gab er zur Antwort, und
seine Hand griff den Henkel des Mischkruges fester.

In diesem Augenblick geschah etwas, das allen An=
wesenden Athem und Besinnung raubte.

Mit rasender Hast stürzte sich Praxiteles auf Myr=
tolaos zu und mit ungeheurer Kraft riß er ihn, indem er
ihn mit beiden Armen umschlang, zwei Schritte zur Seite.

„Schurke!" rief er, seine Stimme klang mächtig wie
der Donner, und im nächsten Augenblick hatte er den, dem
dieser Zuruf galt, Mnemarch, am Halse gepackt und hielt
ihn zappelnd wie eine Eidechse schwebend in der Luft.

Ein langes, zweischneidiges Messer blinkte in Mne=
march's Hand und jetzt, von Praxiteles' eiserner Faust
gewürgt, ließ er die Mordwaffe kraftlos zu Boden fallen.

Der Bildhauer ließ die Hand von seiner Kehle, und
Mnemarch brach keuchend zusammen.

Praxiteles stand über ihm — eine tiefe düstre Falte, wie mit dem Meißel gerissen, legte sich zwischen seine Augen — und es sah aus, als ob er den Fuß erheben und Mnemarch in Staub treten würde. Der Letztere kauerte am Boden und hob den Blick nicht empor. —

Ein tödtlich schweigendes Entsetzen herrschte im Saale; es war, wie wenn ein Löwe in die Versammlung eingebrochen sei und zu brüllen begonnen hätte. —

Hellanodike bebte, wie vom Fieber geschüttelt, in Myrtolaos' Arm. —

„Komm," hörte sie jetzt des Geliebten hastig flüsternde Stimme, „komm."

Willenlos schmiegte sie sich an ihn, der für sie handelte und dachte. Aller Augen und Ohren waren auf Praxiteles und Mnemarch gerichtet; niemand beachtete die Zwei, die lautlos hinter den Uebrigen verschwanden. —

Nun trat Praxiteles zurück, und der Bann löste sich, der die Umstehenden in athemlosem Kreise zusammengehalten hatte.

Eilend, in erschrecktem Durcheinander drängten die Tänzer und Tänzerinnen zum Ausgange, und das Licht der Fackeln, welche Sklaven jetzt in den dunkelnden Saal trugen, fiel auf blasse, verstörte Gesichter.

Mnemarch raffte sich auf und wollte sich, gesenkten Hauptes, davonmachen.

„Nimm dein Messer mit," rief ihm Praxiteles nach, und bei dem furchtbaren Tone dieser Worte kehrte Mnemarch, gehorsam wie ein Hund, zurück, nahm das Messer vom Boden auf und schlich hinaus. —

Phryne war mitten in dem Tumult lautlos verschwunden.

„Kommt, laßt uns hinausgehen," sagte der Bildhauer

zu seinen Gästen; „es thut mir leid, daß unser Fest solche Störung erlitten hat."

Sie verließen den Saal; aber es wollte kein Gespräch mehr aufkommen, und wie in stummer Verabredung nahmen sämmtliche Gäste gleichzeitig und plötzlich Abschied. — Im Hause des Praxiteles ward es still. —

Er sah sich um — er schien etwas zu suchen. —

„Habt Ihr Myrtolaos gesehen?" fragte er die Sklaven.

Keiner hatte den Jüngling bemerkt; er winkte die Sklaven hinweg. —

Mit der Fackel in der Hand ging er durch sein Haus, seine Schritte widerhallten mit ödem Klange. Er trat in die Kammer, welche er Myrtolaos zum Wohnen eingeräumt hatte, sie war leer; er ging in seine Werkstatt. Aus dem halben Lichte, das die Fackel verbreitete, trat in dämmernden Umrissen die Gestalt des Hermes hervor. —

Im eisernen Haken, der aus der Wand ragte, befestigte er die Fackel, dann stand er in dunklen Gedanken vor dem Bildwerk. In seiner Erinnerung erschienen die beiden schönen unschuldigen Kinder, wie sie am Hermesfeste zu Tanagra vor ihm gestanden hatten, und er dachte an das Schauspiel von heute. — Das Licht der Flamme spielte über das schöne Gesicht des Bildwerks; die starren Züge wurden lebendig, und es sah aus, als neigte der Hermes in stummer Trauer das Haupt gegen ihn. — Der Abschiedsgruß des Hermes von Tanagra. — Dumpf sank Praxiteles auf seinen Sessel, eine Empfindung, die er noch nie gekannt, zog dunkel und schwer durch seine Seele — er blickte umher und fühlte, daß er einsam war. —

Finsterniß lag über die Gassen Athens gebreitet, als Myrtolaos mit Hellanodike das Haus des Praxiteles verließ.

Ohne zu zögern, ohne rechts noch links zu blicken, überschritten sie die Schwelle. Stumm und haftig schritten sie ihren Weg; sie fragte nicht, wohin der Weg sie führte, sie wußte nur, daß es hinweg ging von dem Orte des Schreckens und daß sie bei ihm war, von seinem Arm noch immer umschlungen.

„Es ist kalt, und du schauerst," sagte er leise zu ihr, denn er fühlte, wie ihr Leib, den nur das leichte Festgewand vor der kühlen Nachtluft schützte, in seinen Armen bebte.

„Nein," sagte sie, „mich friert nicht," und sie ging mit verdoppelter Schnelligkeit neben ihm her.

Einige hundert Schritt mochten sie so gegangen sein und eben waren sie um eine Ecke des Weges gebogen, als sie hörten, wie Jemand hinter ihnen hergelaufen kam, athemlos keuchenden Laufs.

Hellanodike zuckte zusammen.

„Nur fort," sagte Myrtolaos und riß sie weiter.

„Nicht diesen Weg!" tönte es heiser an ihr Ohr. —

„Chlenusa," sagten beide wie mit einem Munde — im nächsten Augenblicke war Chlenusa an ihrer Seite. Der lange dunkle Mantel, der sie vom Hals bis an die Füße umhüllte, flatterte hinter ihr her.

„Warum nicht diesen Weg?" fragte Myrtolaos; „ist dies nicht die Straße zum nördlichen Thore?"

„Sie sind hinter Euch her," sagte sie stöhnend vor Athemlosigkeit. „Ihr rennt in ihre Hände."

„Wer verfolgt uns?" fragte Myrtolaos.

„Timoessa mit den Knechten — hier herein." Bei diesen Worten faßte sie Myrtolaos' Hand und riß ihn mit der Energie der Verzweiflung in eine Seitengasse, die eng und finster ihnen entgegengähnte.

„Weiter, nur weiter," schrie sie, als sie bemerkte, daß Myrtolaos stehen bleiben wollte — und der Ton ihrer halberstickten Stimme deutete auf eine so schreckliche Gefahr, daß der Jüngling ihr blindlings folgte. Die Gasse endigte in einen Sack, sie konnten nicht weiter.

„Bleibt hier und gebt keinen Laut," sagte Chlenusa; „und du nimm dies," wandte sie sich zu Hellanodike, indem sie den Mantel von ihren Schultern riß und ihn dem zitternden Mädchen umhing, „die Nacht wird kalt und Ihr müßt noch weit in dieser Nacht."

„Aber du?" fragte Hellanodike.

„Ich brauche keinen Mantel mehr," — in ihrer Stimme war ein dumpfer Jammer — „und leb' wohl, leb' wohl, leb' wohl," und indem sie Hellanodike's Antlitz in der Dunkelheit mit den Lippen suchte, küßte sie sie bei jedem Worte auf Augen, Mund und Wangen. Dann verließ sie die Beiden und eilte aus der Gasse hinaus auf die Hauptstraße zurück. In dem Augenblicke kam ein dumpfes Getrappel von Schritten um die Ecke der Straße, Lichtschein drang in die Gasse hinein und Timoessa, von zwei mit Fackeln versehenen Sklaven begleitet, erschien vor der Mündung der Gasse.

Die qualmende Gluth der Fackeln beleuchtete das Megärengesicht der Alten und die verthierten Gesichter der Knechte mit blutigem Roth. Der Eine der Letzteren trug einen Pack Stricke um den Arm geschlungen, in des Anderen Hand funkelte ein nacktes Schwert. An der Gasse machten sie halt, und bis in die Gasse hinein tönte das Geschnauf ihrer schwer nach Athem ringenden Brust.

„Sie sind vom Wege ab," sagte einer der Knechte, „und ich hatte sie auf dem Wege vor uns gesehen."

„Dann haben sie uns bemerkt und sich hier irgend= wo versteckt," entschied Timoessa, „laßt uns suchen."

Hellanodike sank an Myrtolaos' Brust, und auch ihm schlich der eisige Frost durch Mark und Gebein.

Plötzlich fuhr der, welcher das Schwert trug, auf.

„Seht da," rief er, — und von der andern Seite der Straße her trat Chlenusa in den Kreis des Fackellichtes.

Wie ein Geier stürzte sich Timoessa auf das Mädchen zu.

„Wo sind sie? du weißt es!" schrie sie, und ihre Hände krallten sich um den Hals des Mädchens.

• Chlenusa sank in die Kniee.

„Wirst du sprechen," sagte der Knecht, der mit dem Schwerte zum Stoß ausholend auf sie zutrat; jeder Nerv des sehnigen Armes zitterte in satanischer Mordlust. — „Laßt mich leben," erwiderte Chlenusa, „ich will Alles gestehen. Ihr sucht falsch — sie sind dort hinunter" — und sie zeigte in der entgegengesetzten Richtung — „um die Akropolis herum wollen sie zum Hause des Praxiteles zurück — ich habe sie gewarnt."

„Du hast sie gewarnt?" schrie Timoessa; „lauft ihnen nach," wandte sie sich an die Sklaven, „fangt sie, greift sie, wenn sie Praxiteles' Haus erreichen, sind sie für uns verloren!"

„Und diese hier?" fragte der Sklave, das Schwert über Chlenusa erhebend.

„Gieb deinen Strick her," sagte Timoessa; sie riß dem Anderen eines der Seile vom Arme, die er trug, und mit Hülfe des Sklaven warf sie Chlenusa auf den Boden.

„Mit dieser rechnen wir nachher ab," sagte sie, während sie dem Mädchen auf den Rücken kniete und ihr die Hände rücklings zusammenband.

„Hinweg, hinter ihnen drein, und wenn Ihr sie habt, schafft sie beide hierher!"

Die Sklaven wandten sich und wie zwei blutdürstige Panther stürmten sie durch die gegenüberliegende Gasse davon.

Timoessa blieb auf Chlenusa knieend zurück; die gepreßte Brust des gemarterten Mädchens ächzte, halberstickt.

„Habe Erbarmen," seufzte sie, „bist du nicht meine Mutter?"

„Ich deine Mutter?" und Timoessa's Zähne schlugen knirschend an einander — „an der Straße habe ich dich gefunden und aufgelesen, du —"

Sie konnte nicht vollenden, denn eine schwere Hand griff plötzlich aus der Dunkelheit heraus und legte sich wie ein eiserner Riegel vor ihren zuckenden Mund. —

Sie wollte aufschreien, aber nur ein gurgelnder Laut ward vernehmbar; sie wollte aufspringen, aber von der dunklen gewaltigen Faust im Nacken gefaßt, taumelte sie um sich selbst und schlug krachend auf das Pflaster nieder.

Im nämlichen Augenblick war ein Fetzen aus ihrem Kleide gerissen und ihr als Knebel in den Mund gestopft, in der nächsten Sekunde war der Strick von Chlenusa's Händen gelöst und während bisher Alles in lautlosem furchtbarem Schweigen vor sich gegangen war, vernahm Timoessa jetzt eine nur zu bekannte wuthbebende Stimme:

„Kennst du mich, Kupplerin? Räuberin? Verdammte? Nimm das, und das und bringe das an Mnemarch," und gleichzeitig prasselte der Strick, von Myrtolaos' Hand geschwungen, in grimmigen, zischenden Streichen ihr auf Gesicht und Hände und Schultern nieder. Sein Grimm schäumte wie ein reißender Strom aus seinem Herzen, und er peitschte auf sie los, bis daß sie dumpf heulend sich am Boden wälzte und der Strick sowie das Pflaster umher von ihrem Blute besprengt war. —

Endlich warf er das Straf=Instrument auf Timoessa und beugte sich zu Chlenusa.

„Kannst du stehen?" fragte er. Sie raffte sich, von seinem Arme unterstützt, mühsam vom Boden auf.

„Komm," sagte er, „du gehst mit uns," und er hob die schlanke Gestalt in seinen Armen empor. —

Hellanodike faßte Chlenusa's herabhängende Hand,
und ein leises Lächeln umspielte die Lippen des armen
Geschöpfes. Wenige Schritte, und das Stadtthor war
erreicht, und sie traten in die Freiheit hinaus. — Schwer
athmeten sie auf — sie waren gerettet. —

Rings um sie her lag die feierlich schweigende Nacht,
und über ihnen blinkten die ewigen Sterne; im Norden,
in der Richtung etwa wo Tanagra lag, stand ein leuchtendes
Gestirn, schimmernd in sanftem zitterndem Lichte.

„Wohin nun?" fragte Hellanodike leise, als Myrtolaos
stehen blieb und Chlenusa sanft aus seinen Armen ließ.

„Zu deinem Vater," antwortete er.

Da fiel sie ihm um den Hals und ihre stummen
Thränen mischten sich mit den seinigen.

Es war einige Tage später.

Still und heiß lag die Mittagssonne über dem Berge
von Tanagra, die Häuser der Stadt flimmerten im grellen
Lichte und blickten in die schweigende Landschaft zu ihren
Füßen wie ebenso viele neugierige Augen herab.

Und jetzt sahen sie, wie an dem Saume des Oliven=
waldes dort unten, der wie eine grüne schattige Insel in=
mitten der gluthgedörrten Felder und Berge lag, eine Gestalt
erschien, eine schöne schlanke Mädchengestalt, wie sie den
breiten, schattenden Hut tiefer in das Gesicht zog, damit
ihr die Sonnenstrahlen nicht verwehrten, hinüberzuschauen
zu den bekannten geliebten Mauern und Thoren; und die
Häuser von Tanagra hatten sie erkannt, und wenn sie ge=
konnt hätten, so hätten sie sich angestoßen und zugeflüstert:

„Sie ist wieder da, sie, die wir in unsren steinernen
Armen hielten und die uns so treulos entwich, unser
Liebling Hellanodike."

Noch andre Augen aber hatten Hellanodike betrachtet,

während sie so, vom Lichte, das Sonnenstrahlen und Baumesschatten um sie herwoben, umspielt am Saume des Gehölzes stand, und diese Augen hatten mit tiefer Zärtlichkeit und Trauer auf ihr geruht. Hinter ihr, am Rande eines Baches, der sich durch das Gehölz drängte, saß Myrtolaos, und sah sie an und ward nicht satt sie anzusehen, denn er wußte, daß es heute zum letzten male geschah. Wenn es dunkel sein würde, wollte er sie nach Tanagra und zum Hause des Myronides führen, denn vor dem Tageslichte scheuten sie sich. Wie hatte er einst zu diesem Hause zurückzukommen gedacht, und wie kam er nun in Wirklichkeit zurück — ein bitterlicher Schmerz drängte sich in seinem Herzen empor, und in düstren Gedanken senkte er das Haupt.

Ein leichter Schritt rauschte hinter ihm, Hellanodike berührte seine Schulter.

„Chlenusa ist noch nicht zurück," sagte sie, „sie wollte uns Brombeeren pflücken. Ich bin müde von unsrem heutigen Weg."

„Ruhe dich," erwiderte er; „ich werde wachen."

An der grasigen Böschung des Baches lagerte sich Hellanodike; er schob Blätter und Moos unter ihr Haupt, damit es weicher läge, und setzte sich an ihre Seite. Wie ein Kind, das im Einschlafen nach seinem liebsten Spielzeug greift, faßte sie seine Hand, sah ihn mit den schlaftrunkenen Augen noch einmal freundlich an, und war entschlummert. —

Er saß neben ihr und blickte auf sie herab. Der Anblick der Vaterstadt hatte die Züge des holden Gesichtes in aller unschuldigen Lieblichkeit früherer Tage wiederhergestellt und die Erinnerungen der letzten schrecklichen Tage lagen wie ein ferner Schatten darüber hingebreitet.

Da fiel sein Auge auf das Wasser, das zu seinen Füßen plätscherte, und siehe da, unter der klaren Fluth leuchtete ein Geschiebe des schönsten goldbraunen Thons hervor.

„Wie sich damit bilden und formen lassen müßte,"
dachte er bei sich, und er zürnte, als er sich bei diesem
Gedanken ertappte, denn der Kampf war nun zu Ende,
er wußte, daß er zum Künstler nicht geboren war.

Dennoch zog ihn die alte Gewohnheit; vorsichtig löste
er die kleine Hand, die noch in der seinigen lag, von sich
los und brach, halb in Gedanken, von dem Thone im
Bette des Baches. Er fühlte die weiche durchfeuchtete
Masse in seiner Hand, er sah auf Hellanodike herab, die
sanftathmend in tiefem Schlummer vor ihm hingegossen
lag, so daß es aussah, als wollte sie ihm Muße gewähren,
jede Linie ihrer Gestalt, jeden Zug ihres Gesichtes zu
bleibender Erinnerung in sich aufzunehmen. Da regte sich,
aller Vernunft zum Trotz, die alte Lust mit unwidersteh=
licher Kraft in seiner Seele, und er beschloß, mit dem
letzten Werke seiner Hände sich ein Erinnerungsmal des
geliebten Mädchens zu schaffen. Kein Bildwerk sollte es
werden, wie sie aus Praxiteles' Händen hervorgingen und
wie er sie in qualvollem Kampfe vergebens zu gestalten
versucht hatte, nichts weiter als ein Abbild Hellanodike's;
aber ähnlich, so ähnlich als er nur irgend vermochte,
wollte er es machen, in jeder Falte des Gewandes, mit
dem breitrandigen Hute, den sie so gerne trug, und
mit jenem Lächeln, das jetzt so geheimnißvoll über das
süße Gesicht hinhuschte, als wenn ein glückseliger Traum
ihr von ungeahnter Freude und Zufriedenheit erzählt hätte.

In der Haltung, wie er sie zuletzt am Saume des
Olivenwaldes nach Tanagra hinüberblickend belauscht hatte,
so beschloß er sie darzustellen, und ohne Säumen ging er
an das Werk.

Als er zu arbeiten anfing, überkam ihn eine innere
Glückseligkeit, wie er sie nie gekannt; alles Leid vergan=
gener Stunden, alle Sorgen zukünftiger waren vergessen;

ein leichter Wind zog duftend durch den Wald, und es
war ihm, als tauchten die kleinen Waldgötter und Liebes=
götter hinter den Bäumen empor und träten hinter ihn
und blickten leise flüsternd über seine Schulter auf sein
Werk. Und als nun wirklich der formlose Thon sich zu
einem schlanken Figürchen gestaltete, als jeder Druck und
Strich seiner Hände ein neues wärmeres Leben in den
zierlichen Körper und die Gewandung hineinzauberte, die
den Körper umgab, und als endlich, in kleinstem Maß=
stabe und dennoch deutlich erkennbar, Hellanodike's Antlitz
selbst heraustrat, da mußte er an sich halten, um nicht in
lauten Jubel auszubrechen; er murmelte nur ganz leise
ihren Namen vor sich hin und schaute sie an, und sah,
daß sie noch immer schlummerte und noch immer lächelte,
und es überkam ihn eine schier unwiderstehliche Lust, sie
mit seinem Kusse zu wecken — aber er that es nicht, denn
sie mußte noch schlafen, bis daß die Figur ganz fertig war.
Und so arbeitete er weiter und weiter, jeder Falte des zarten
Gewandes gab er ihren Platz, jedes Gekräusel der dunklen
braunen Locken deutete er mit der feinen Spitze eines Astes,
den er zu dem Behufe zurechtgeschnitten hatte, an und so
bemerkte er nicht, daß hinter ihm jemand durch den Wald
dahergeschlendert kam. Es war Chlenusa, welche Brom=
beeren gesucht hatte und mit ihrer Ausbeute zurückkehrte.
Als sie dicht herangekommen war, bemerkte er sie und
legte den Finger an den Mund, daß sie Hellanodike's
Schlummer nicht störte; dann zeigte er ihr das Figürchen,
das nun fertig geworden war. Sie nahm es mit gleich=
gültigem Blick in die Hand; kaum aber hatte sie es ange=
sehen, so verwandelte sich ihr Gesicht, die dunklen Augen
blitzten auf, und „Hellanodike! Hellanodike!" rief sie, indem
sie in toller Freude um die Schläferin herumtanzte. Myr=
tolaos wollte es ihr verweisen, schon aber war Hellanodike

7*

erwacht und blickte erstaunt um sich. Chlenusa stürzte auf
sie zu und neben ihr in den Rasen.

„Kennst du diese? kennst du sie?" schrie sie jubelnd
und lachend, indem sie ihr das Figürchen zeigte, und
staunend blickte Hellanodike ihr reizendes Conterfei an.

„Myrtolaos," sagte sie, „du hast es gemacht?"

Chlenusa klatschte in die Hände. „Er hat es gemacht," sagte sie, „er, der geschlummert hat und heute
erst aufgewacht ist." Sie riß die Figur aus Hellanodike's
Händen an sich.

„Du wirst sie zerdrücken," sagte Myrtolaos.

„Ich sie zerdrücken," versetzte das Mädchen; „du
glaubst, ich könnte solches zerbrechen?"

Mit einem Sprunge war sie an dem nächsten Oliven-
baume, riß einen Zweig herab und schlang denselben zu
einem Kranze zusammen. Beinahe feierlich trat sie zu
Myrtolaos hin.

„Höre," sagte sie, „wenn sie dereinst in ganz Hellas
dich krönen werden mit dem heiligen Olivenkranze, dann
vergiß nicht, daß Chlenusa es war, die dich zuerst ge-
kränzt hat." Das Mädchen war wie im Taumel, und
Myrtolaos wußte nicht recht, ob es ihr Ernst oder Scherz
sei mit ihren sonderbaren leidenschaftlichen Worten. Indessen ließ er es sich gefallen, daß sie sich auf den Fuß-
spitzen erhob und den Olivenkranz auf sein Haupt drückte.

Chlenusa wandte sich zu Hellanodike.

„Soll er allein bekränzt sein?" sagte sie; „warte, ich
werde dir einen Kranz von wilden Rosen flechten."

„Rosen im Olivenwald?" fragte er.

„Wenn nicht im Wald, so am Rande des Waldes,"
erwiderte sie. „Kommt, ich habe Euch Brombeeren gepflückt; eßt, derweile ich suche."

„Laß die Figur hier," rief ihr Myrtolaos zu, als sie

sich eilend entfernte. Sie aber schwang das Figürchen wie eine Trophäe lachend empor und war bald im Dickicht verschwunden.

Hellanodike und Myrtolaos setzten sich dicht zu einander und verzehrten die Beeren, von denen ihnen das Mädchen einen ganzen Haufen mitgebracht hatte; sie sprachen nicht, denn ihre Gedanken waren niedergedrückt, indem sie der kommenden Stunden gedachten.

Wie Myrtolaos ihr prophezeit hatte, fand Chlenusa im Walde keine Rosen, und ebensowenig am Rande desselben, den sie herauf= und herabstreifte; aber in der Ebene zwischen Wald und Stadt glaubte ihr scharfes Auge das Gesuchte zu entdecken. Sie machte sich eilend in der Richtung auf den Weg, und erst als sie bis dicht an die Rosenhecken gelangt war, bemerkte sie, daß ein Graben und eine Umzäumung sie von denselben trennte.

Für das leichtfüßige Ding war dies Hinderniß gering; ohne sich zu besinnen sprang sie über den Graben, kletterte über den Zaun und pflückte sich den ganzen Schooß ihres Kleides voller Rosen.

Als sie in der besten Arbeit war, kamen schwerfällige Schritte des Weges daher getrottet und plötzlich fühlte sie sich unsanft von einer groben Faust am Arme gepackt.

„Habe ich dich, Spitzbübin," sagte der Gärtner, „siehst du nicht, daß hier ein Garten und Besitzthum ist, in welchen Gelichter deiner Art nicht gehört?"

„Ich bin keine Diebin!" sagte das Mädchen und versuchte vergeblich, sich aus seiner Hand zu entwinden.

„Du keine Diebin?" und er sah auf das braune zigeunerhafte Geschöpf, das allerdings eine verzweifelte Aehnlichkeit mit einer Landstreicherin zeigte. „Mitgekommen; wir werden dir die Dornen zu deinen Rosen geben."

Er schleppte sie mit sich, und erst jetzt sah sie, daß sie sich in einem großen wohlgeordneten Garten befand.

Auf einem der breiten reinlich gehaltenen Wege kam ihnen ein würdevoller Mann entgegen. Sein Haupt und Bart waren stark ergraut, und er ging, wie es schien, in tiefen Gedanken. Als er die Gruppe der Beiden auf sich zukommen sah, erhob er das Haupt.

„Wen bringst du da?" fragte er den Gärtner.

An der Unterwürfigkeit, mit welcher Letzterer ihm gegenübertrat, bemerkte Chlenuja, daß sie vor dem Herrn des Gartens stand.

„Herr," sagte der Gärtner, „offenbar eine von den Diebsgesellschaften, die in neuester Zeit die Gegend hier so unsicher machen; ich ertappte sie beim offenen Diebstahl."

„Nicht Diebstahl, Herr," rief das Mädchen, „nur einige Rosen habe ich von den Hecken in deinem Garten gepflückt; dein Garten wird dadurch nicht ärmer."

Zum Beweise für ihre Worte entfaltete sie den Schooß ihres Kleides und ließ die Rosen zur Erde rollen; bei dieser Gelegenheit fiel auch das Figürchen, das sie im Schooß getragen und mit den Rosen bedeckt hatte, zu Boden.

Rasch wollte sie sich danach bücken, aber der Gärtner kam ihr zuvor.

„Diebische Elster," rief er triumphirend, „ist das auch eine Rose?"

Das Mädchen brach in Thränen aus.

„Faß es nicht so grob und roh an," schrie sie dem Gärtner zu, „siehst du nicht, du Ungeschlachter, daß du es zerstörst?"

Der Herr des Gartens ward aufmerksam.

„Was ist das?" fragte er und nahm die Figur aus den Händen seines Dieners. Er hatte aber kaum einen Blick darauf geworfen, als die hohe Gestalt jählings zusammenzuckte.

„Wo haſt du dieſes her?" fragte er, „wo iſt die, die es darſtellt?"

Das Mädchen ſah ihn mit den dunklen heißen Augen an und ſchwieg.

„Hörſt du nicht, daß der Herr dich fragt?" polterte der Gärtner dazwiſchen.

„Wenn du ſie kennſt und Böſes gegen ſie im Sinne führſt," erwiderte Chlenuſa langſam, „ſo ſollſt du mich eher töbten, bevor ich dir ſage, wo du ſie findeſt." Er legte die eine Hand auf ihr ſchwarzes Lockenhaar, während die andere in zärtlicher Sorgfalt das Figürchen umſpannte.

„Führe mich zu ihr," ſagte er, „und ſei außer Sorge."

Chlenuſa fühlte, wie die Hand, die auf ihrem Scheitel lag, leiſe bebte.

———

Die Schatten der Bäume fielen lang durch den Wald, Myrtolaos ſah zum Himmel auf; ein Seufzer hob ſeine Bruſt.

„Es wird ſpät," ſagte er; „wenn wir nach Tanagra kommen, wird es dunkel ſein; wir müſſen uns aufmachen, ſonſt laſſen ſie uns nicht mehr in das Thor der Stadt. Komm, Hellanodike."

Sie band den Hut auf das Haupt, und ihr Herz zitterte vor Erregung; während deſſen trat er an den Bach, zerpflückte den Olivenkranz Chlenuſa's und ließ die einzelnen Blätter im Waſſer hinabſchwimmen.

„Du freuſt dich nicht, daß wir zu meinem Vater zurückkehren?" fragte ſie, indem ſie den Arm auf ſeine Schulter legte.

Er wandte ſich ſchwermüthig zu ihr um.

„Du kehrſt zurück zu ihm," erwiderte er, „ich nicht."

Sie erbleichte, und er ſchlang den Arm um ſie.

„Myrtolaos!" rief sie erstaunt und erschreckt, denn sie hatte in ihrer Unbefangenheit an eine solche Möglichkeit nicht gedacht.

„Nein," sagte er, „als ich mit dir von ihm entfloh und Schande auf sein greises Haupt brachte, war ich ein Knabe; jetzt habe ich gelernt, was ein Mann empfindet, dem man an dem, was er liebt, Schmach anthut, und daß ein Mann es nicht vergeben kann. Komm," — er nannte ihren Namen nicht, weil er fürchtete, daß der geliebte Klang seine ganze Kraft erschüttern würde — „wir müssen hier nun von einander Abschied nehmen."

Schluchzend lag sie an seiner Brust. Es war ihr, als versänke ihr ganzes bisheriges Leben in einen schwarzen bodenlosen Abgrund, und Tanagra ohne ihn war nicht mehr Tanagra für sie.

„O daß Praxiteles nie zu uns gekommen wäre," klagte sie.

„Still," sagte er mit bebender Stimme, „sei still, nenne seinen Namen nicht mehr, du zerwühlst mir das Herz."

So standen sie, Haupt an Haupt gelehnt, beide so jung, so schön und so unglücklich, von der Natur zu einander gefügt und durch das Verhängniß von einander gerissen.

Da ertönte hinter ihnen eine Stimme, bei deren Ton sie bebend auffuhren.

„Hellanodike!" klang es ernst und traurig, und als sie umblickten, stand des Myronides hohe Gestalt wenige Schritte von ihnen zwischen den roth angestrahlten Bäumen.

„Vater," schrie das Mädchen auf; in diesem Augenblick war Alles Andere vergessen, und sie hing an seinem Halse und küßte ihn unter strömenden Thränen.

Er bog ihr das Haupt zurück und blickte ernst und prüfend in ihr Gesicht. Als er aber ihre Augen auf sich gerichtet sah, da erkannte er, daß sie noch sein Kind war,

fein reines unfchuldiges Kind, und beinah wider feinen
Willen zog ein Lächeln über feine ftrengen Züge.

Mit abgewandtem Haupte und in einem fchrecklichen
Zuftande hatte unterdeffen Myrtolaos geftanden, jetzt rief
ihn Myronides heran.

Wie betäubt trat er einige Schritte näher und blieb
dann ftehen.

„Du fürchteft dich vor mir, Myrtolaos?“ fagte Myro=
nides; und bei dem Klange diefer Stimme, die wie ein
weihevoller Ton über feiner ganzen Jugend gefchwebt hatte,
brach dem Jüngling das Herz, er fiel ihm zu Füßen und
bedeckte des Myronides Hand mit Küffen und Thränen.

„Sieh diefes an,“ fagte Myronides, und er zeigte
dem Erftaunten das kleine Abbild Hellanodike’s, „haft
du das gemacht?“

Myrtolaos erröthete und nickte ftumm.

„Haft du das in Athen gemacht?“

„Nein,“ fagte Myrtolaos, „hier im Walde vor wenigen
Stunden.“

Mit feuchtem Glanze ruhten die Augen des Mannes
auf dem Jüngling, feine Hand legte fich milde auf fein
lockiges Haupt und er beugte fich tief zu ihm herab.

„Man braucht alfo nicht in Athen zu leben,“ fagte
er, „um Solches fchaffen zu können?“

„Ich weiß,“ flüfterte er ihm zu, „du wollteft nicht
zurückkehren in mein Haus — komm zurück zu mir,
Myrtolaos, mein Sohn.“

„Mein Vater,“ ftammelte der Jüngling, „kannft du
mir verzeihen, was ich an dir gethan?“

„Muß ich nicht,“ fagte Myronides, „da du einen
folchen Bundesgenoffen mitbringft?“ und er zeigte auf
Hellanodike’s Bild.

Ein Jubelfchrei zweier glückfeligen Menfchen ertönte,

und Hellanodike und Myrtolaos hingen am Halse des edlen Mannes.

„Laßt mich frei," sagte er lächelnd, „hier ist noch jemand, der auf mich wartet."

Er wandte sich um und winkte Chlenusa heran, die sich scheu im Hintergrunde auf einen Baumstumpf gekauert hatte.

„Die Rosen, die du heute pflücken wolltest," sagte er, „sind verloren; von nun an sollst du im Garten des Myronides pflücken dürfen soviel Rosen, als du verlangst, du bist nun eine Tanagräerin."

Sie sah ihn einen Augenblick an, als verstände sie ihn nicht, denn die Sprache eines väterlichen Herzens war ihrem einsamen Gemüth zu fremd; plötzlich aber schien sie zu begreifen; sie eilte zu Hellanodike, und indem sie sich in den Rasen zu ihren Füßen warf, brach sie in Schluchzen und Freudengeschrei aus und drückte das zitternde Gesicht in die Falten ihres Kleides.

Hellanodike beugte sich herab und küßte sie und dachte der Stunden, da sie keinen Trost und keinen Freund hatte, als das wilde braune Mädchen.

* * *

Ein Jahr war vergangen, als Praxiteles, in die Werkstatt eintretend, wo seine Schüler arbeiteten, die Letz-teren in eifriger, aufgeregter Unterhaltung fand. Sie drängten sich zum Polymakron zusammen und schienen einen Gegenstand zu betrachten, den dieser in Händen hatte.

„Was habt ihr?" fragte der Bildhauer.

„Du sollst entscheiden, Meister," versetzte Polymakron. „Wir streiten über den Werth dieser Sachen, jedenfalls erscheinen sie uns neu und eigenthümlich."

Er übergab Praxiteles mehrere Figürchen aus ge-branntem Thon, welche weibliche Gestalten in den verschiedensten Haltungen, theils stehend, theils schreitend, theils auf einem Felsblock sitzend, darstellten. Die Ge= stalten waren bekleidet, und die Farben der Gewandung, unter denen ein sanftes Himmelblau am häufigsten wieder= kehrte, auf das zarteste angedeutet.

Praxiteles nahm die sonderbaren kleinen Gebilde in die Hand und betrachtete sie. Plötzlich erweiterte sich sein Auge und ohne ein Wort zu sagen verließ er die Werkstatt. Die Schüler blieben zurück und sahen sich verdutzt an.

Mit hastigen Schritten begab er sich in seinen Arbeits= raum, stellte die Figürchen auf einen Tisch zu Füßen des Hermes=Modells, an welches, so schien es, lange keine Hand gerührt hatte, und setzte sich davor.

Lange saß er in tiefem Anschauen versunken, und wer ihn sitzen sah, hätte denken können, er läse in den Figuren.

Viel anders war es auch in der That nicht; denn die kleinen Gestalten dort vor ihm erzählten ihm eine Geschichte von Bangen und Leiden und endlicher wunder= barer Erfüllung, und er lauschte dieser Erzählung, die wie ein süßes duftendes Märchen an sein Herz wehte.

Nicht Gestalten waren es, sondern nur eine Gestalt und nur ein Gesicht, ein ihm wohlbekanntes, immer und immer wieder Hellanodike, aber die Phantasie der Liebe umspielte diese Gestalt und zauberte die eine Einzige in immer neue, immer reizendere Stellungen, und je länger er sie ansah, um so wärmer ward das Lächeln auf dem kleinen reizenden Gesicht, um so lebendiger jede Bewegung der zarten Glieder, und es war ihm, als hörte er sie sprechen, immer nur ein Wort, aber abwechselnd in allen Ton= arten mit denen Liebe auf menschlichen Worten spielt: „Myrtolaos, Myrtolaos," und plötzlich sprang er auf und wußte, daß er inmitten des Paradieses stand, das der Geist des großen Künstlers auf die Erde zaubert, und Myrtolaos hieß dieser große Künstler.

„Hermes von Tanagra," sagte er, indem er vor das unvollendete Modell des entflohenen Lieblings trat, „so habe ich mich nicht getäuscht, als ich zum ersten male in deine Augen sah — und so lange hast du suchen müssen, bis du fandest, was dir so nahe war?"

Die Schüler blickten auf, als Praxiteles ernst und beinah feierlich zu ihnen zurückkehrte.

„Ihr Jünglinge," sagte er, „ich habe euch eine Nachricht zu bringen: ein Meister der Kunst ist in Griechenland aufgestanden; es ist der, dessen Werke Polymakron mir gezeigt hat."

Ein erstauntes Flüstern ging durch die Reihen.

„Wer kann es sein?" fragte Polymakron.

„Ich glaube, wir kennen ihn," sagte Praxiteles, „von wem hast du die Figuren?"

„Von einem Mädchen, das über Land gekommen zu sein schien, und das die Figuren, wie sie mir sagte, in der Werkstatt des Praxiteles zum Kauf anbieten wollte."

„Von dieser da vielleicht?" fragte Praxiteles und zeigte auf Chlenusa, die in dem Augenblick hereintrat, um sich Bescheid zu holen.

„Allerdings, von dieser."

Praxiteles winkte das Mädchen heran.

„Wir kennen uns, denke ich, und du also bist es, die die Werke des Myrtolaos in Athen verkauft?"

„Myrtolaos? Myrtolaos hätte das gemacht?" so ging es wie ein Sturm von Munde zu Munde.

„Fragt diese da," versetzte Praxiteles lächelnd.

„Ja, Myrtolaos in Tanagra," rief jetzt Chlenusa, indem sie stolz um sich blickte. „In Tanagra drängt jetzt alles Volk zum Hause des Myronides, in dem er wohnt und schafft, denn Keiner will sein, der nicht eine Figur von seinen Händen besäße. Und weil er ein Träumer ist, und nicht weiß, was man thun muß, um ein berühmter Mann zu werden, so habe ich mich hinter seinem Rücken auf= gemacht, um sie euch zu zeigen, die ihr so etwas versteht."

Alles lachte, denn sie sah so drollig aus in ihrer selbstbewußten Mission.

„Du also willst ihn berühmt machen?" fragte Praxiteles.

„Ja," erwiderte sie, „denn ich habe es Hellanodike versprochen."

„Komm mit mir," sagte er.

Er nahm das Mädchen in seine Werkstatt, setzte sich wieder vor die Figuren, und Alles was diese ihm erzählt hatten, die ganze Geschichte von Liebe und Glück und reichem künstlerischen Schaffen mußte ihm der lebendige Mund des Mädchens noch einmal erzählen.

Sie hatte geendet.

„Also Mann und Frau?" sagte er, „und — warum erröthest du?"

„Nun, es ist ja ganz natürlich," sagte sie, „und er ist so nieblich und sieht beiden so ähnlich."

Praxiteles lächelte und trat vor den Hermes. Ein Gedanke blühte in seiner Seele auf; es mußte ein an= muthiger Gedanke sein, denn er verklärte seine edle Stirn.

„Du mußt diese Nacht in meinem Hause bleiben," wandte er sich zu Chlenusa; „denn du weißt, Mnemarch lebt noch. Morgen fahren wir zusammen nach Tanagra."

Sie verstand ihn und zog sich zurück.

Von dieser Stunde an bis zum folgenden Tage ar= beitete Praxiteles wieder mit der alten gewaltigen Freudig= keit, die ihm so lange, er wußte selbst nicht warum, ab= handen gekommen war.

Was er aber geschaffen hatte, das barg er sorgfältig

unter schützender Umhüllung, als er am frühen Morgen
des nächsten Tages mit Chlenusa den Reisewagen bestieg.

Und wieder rollte, wie einst, der Wagen auf der
Straße von Athen nach Oropos und von Oropos nach
Tanagra dahin; wieder rauschte das Euböische Meer hart
an den Strand und sandte dem ernsten dunkellockigen
Manne und seiner Begleiterin den erquickenden Hauch
seiner schäumenden Wellen zu, und wieder flog der Stachel=
stock hastiger und immer hastiger auf die Rosse herab, je
näher sie dem Ziele der Reise kamen. Rasselnd fuhr der
Wagen am Thore des Myronides vor, stürmende Schritte
eilten durch das Haus und im nächsten Augenblick er=
tönte in der Werkstatt, wo der junge Bildhauer über
seinen Werken saß, ein lauter jauchzender Ruf und
Myrtolaos lag in den Armen des geliebten Meisters.

Durch die weit geöffneten Pforten der Werkstatt
blickte man in den grünen blühenden Garten, und über
die Schwelle der Thür traten jetzt, von dem Freuden=
rufe gelockt, die übrigen Bewohner des Hauses.

Myronides, dessen Haar weißer und dessen Gang
langsamer geworden, war dennoch der Erste, den Gast
zu begrüßen, und dann kam ein leichtes Rauschen über
die Schwelle und ein bläulicher Schimmer wie ein Ge=
wölk, und erröthend in lieblicher Verwirrung trat eine
reizende junge Mutter herein, Hellanodike. Mit ihr kam
noch ein vierter kleiner Hausgenosse, den Praxiteles noch
nicht kannte, der aber jetzt von den Armen der Mutter
zappelnd nach dem hohen freundlichen Manne strebte,
bis daß dieser ihn lächelnd an sich nahm und auf seinen
Armen reiten ließ.

Myrtolaos trat heran.

„Sieh dieses kluge Bürschchen,“ sagte er, „es ist als
ob er wüßte, daß er deinen Namen trägt.“

„O ihr Glücklichen," sagte Praxiteles, indem er das Knäblein in die Arme der Mutter zurücklegte, „was soll man euch noch schenken, da Ihr Alles besitzt? Dennoch gestattet, daß ich nicht mit leeren Händen in Euren Reichthum eintrete."

Auf seinen Wink brachte ein Diener den verhüllten Gegenstand, den er aus Athen mitgeführt hatte; vor den Augen der Erwartungsvollen löste er die Hüllen ab — und ein Ruf der Ueberraschung ertönte.

Vor ihnen stand, im kleinen Maßstabe ausgeführt, das vollendete Modell des Hermes.

Es war der alte, und dennoch war er ein anderer, denn aus dem düster blickenden war ein glücklich träumerischer Hermes geworden, auf seinem linken Arme schaukelte sich ein reizendes Bübchen und die erhobene Rechte des Gottes trug nicht mehr den Stab, mit dem er die Todten zur Unterwelt geleitet, sondern eine volle schwellende Traube, die er dem kleinen Wildfang verlockend vor die Augen hielt.

„Und nun," sagte Praxiteles lachend, „gehen wir zum Geschäft."

Alle sahen ihn erstaunt an.

„Ja," fuhr er fort, „du sollst mir den Preis nennen, für den ich diese hier verkaufen kann," und er zog aus dem Busen seines Gewandes die Thonfigürchen, die Chlenusa nach Athen gebracht hatte.

„Du kennst sie?" rief Myrtolaos.

„Mehr als das," erwiderte Praxiteles, „ich besitze sie, um sie nie mehr von mir zu geben."

„Myronides," sagte er mit ernstem Tone, und er legte die Arme um Myrtolaos' und Hellanodike's Schultern und trat mit ihnen vor den Gastfreund, „ich riß diesen jungen Baum aus deinem Garten und es kam, wie du sagtest, die Erde blieb an seinen Wurzeln haften; er hat

fremde Sonne und fremden Boden gekostet, und wenn sie
für ihn zu grell und zu hart waren, so waren die Schmerzen,
die er dadurch litt, heilsame Schmerzen, denn sie lehrten
ihn den Boden kennen, dessen er zu seiner Entfaltung
bedarf. Sei glücklich, Myronides, du wirst ihn nicht mehr
verlieren, denn zunächst an deinem Herzen ist der Ort,
wo dieser edle junge Baum Wurzeln schlagen muß, damit
er erwachse. Und wachsen wird er," rief er begeistert,
„und wenn je diese Stadt vom Boden der Erde verschwinden
sollte, so wird über ihren Trümmern wie ein duftender
Traum vergangener Zeiten der Geist dessen schweben, der
diese Werke schuf, der Geist des Meisters von Tanagra —."

Als man sich spät am Abende, um die Ruhe aufzu-
suchen, trennte, standen Myrtolaos und Praxiteles einen
Augenblick allein.

„Und Phryne?" fragte Myrtolaos.

„Frage nicht nach ihr," sagte Praxiteles, „sie ist jetzt
in Rhodus beim Apelles."

Kroll's Buchdruckerei in Berlin S., Sebastianstraße 76.